MADAME PYLINSKA ET LE SECRET DE CHOPIN

Ses livres, traduits en 46 langues, atteignent des tirages vertigineux et ses pièces sont jouées régulièrement dans plus de 50 pays : Éric-Emmanuel Schmitt est l'un des auteurs francophones les plus lus et les plus représentés dans le monde. Il est aussi l'auteur le plus étudié dans les collèges et les lycées. Né en 1960 à Lyon, cet agrégé de philosophie, docteur en philosophie, normalien de la rue d'Ulm, auteur d'une thèse sur Diderot, s'est d'abord fait connaître au théâtre en 1991 avec *La Nuit de Valognes*, son premier grand succès. Il n'arrêtera plus. Non seulement les plus grands acteurs ont interprété ou interprètent ses pièces – Belmondo, Delon, Francis Huster, Jacques Weber, Charlotte Rampling et tant d'autres –, mais le Grand Prix de l'Académie française couronne l'ensemble de son œuvre théâtrale dès 2001. Romancier lumineux, conteur hors pair, amoureux de musique, Éric-Emmanuel Schmitt fait passer une émotion teintée de douceur et de poésie dans tous les arts. Il est à la fois scénariste, réalisateur, signe la traduction française d'opéras, sourit à la BD et monte lui-même sur scène pour interpréter ses textes ou accompagner un pianiste ou une soprano... En 2012, l'Académie royale de la langue et littérature françaises de Belgique lui offre le fauteuil n° 33, occupé avant lui par Colette et Cocteau. En 2016, il a été élu à l'unanimité par ses pairs comme membre du jury Goncourt.

ÉRIC-EMMANUEL SCHMITT

de l'académie Goncourt

Madame Pylinska et le secret de Chopin

ALBIN MICHEL

© Éditions Albin Michel, 2018.
ISBN : 978-2-253-10169-7 – 1ʳᵉ publication LGF

Dans la maison de mon enfance vivait un intrus. À l'extérieur, tout le monde croyait que la famille Schmitt comptait quatre membres – deux parents, deux rejetons –, alors que cinq personnes habitaient notre domicile. L'intrus occupait le salon en permanence ; il y dormait, il y veillait, râleur, immobile, importun.

Accaparés par leurs tâches, les adultes l'ignoraient, sauf parfois ma mère qui, agacée, intervenait afin qu'il restât propre. Ma sœur seule entretenait une relation avec le fâcheux en le réveillant chaque jour vers midi, ce à quoi il réagissait bruyamment. Moi, je le haïssais ; ses grondements, son air lugubre, sa carrure austère, son aspect renfermé me rebutaient ; le soir, au fond de mon lit, je priais souvent pour son départ.

Depuis quand résidait-il parmi nous ? Je l'avais toujours vu là, incrusté. Brun, trapu, obèse, couvert de taches, l'ivoire des dents jauni, il passait du mutisme sournois au vacarme tapageur. Lorsque mon aînée lui consacrait du temps, je courais me réfugier dans ma chambre où je chantonnais, mains sur les oreilles, histoire de me soustraire à leur dialogue.

Sitôt que j'entrais au salon, le contournant avec suspicion, je lui lançais un regard intimidateur pour qu'il demeurât à sa place et comprît que l'amitié ne nous unirait jamais ; lui feignait de ne pas me remarquer. Nous nous évitions avec un tel acharnement que notre défi empesait l'atmosphère. Le long des soirées, il écoutait nos conversations sans commenter, ce qui n'horripilait que moi, tant mes parents avaient l'habitude de sa présence obtuse.

L'intrus s'appelait Schiedmayer et c'était un piano droit. Notre famille se refilait ce parasite depuis trois générations.

Sous prétexte d'apprendre la musique, ma sœur le tourmentait quotidiennement. Ou l'inverse... Aucune mélodie ne sortait de ce buffet en noyer, mais des coups de marteau, des couacs, des grincements, des gammes édentées, des lambeaux d'air, des rythmes boiteux, des accords dissonants ; entre les *Dernier soupir* et autres *Marche turque*, je craignais en particulier une torture que ma sœur intitulait la *Lettre à Élise*, conçue par un bourreau baptisé Beethoven, qui me vrillait les oreilles comme la fraise du dentiste.

Un dimanche, tandis que nous fêtions mes neuf ans, tante Aimée, blonde, féminine, soyeuse, poudrée, fleurant l'iris et le muguet, désigna l'ogre endormi.

— Ton piano, Éric ?

— Surtout pas ! rétorquai-je.

— Qui en joue ? Florence ?

— Il paraît, grognai-je en grimaçant.

— Florence ! Viens nous interpréter un morceau.

— Je n'en sais aucun, gémit ma sœur dont, pour une fois, j'appréciai la lucidité.

Aimée se frotta le menton, lequel s'ornait d'une jolie fossette, et considéra l'indésirable.

— Voyons voir…

Je ris, l'expression « voyons voir » m'ayant toujours amusé, d'autant plus que ma mère l'employait sous la forme « voyons voir, disait l'aveugle ».

Indifférente à mon hilarité, Aimée souleva le couvercle de bois avec délicatesse comme si elle ouvrait la cage d'un fauve, parcourut les touches des yeux, les effleura de ses doigts fins qu'elle retira soudain quand un feulement traversa la pièce : le félin se cabrait, rétif, menaçant.

Alors, patiemment, tante Aimée réitéra ses précautions d'approche. De la main gauche, elle flatta le clavier. L'animal émit un son ouaté ; cas unique, il ne trépignait pas, il montrait presque de l'amabilité. Aimée égrena un arpège ; réceptif, le rustaud ronronna ; il cédait, elle l'apprivoisait.

Satisfaite, Aimée suspendit son geste, toisa le tigre qu'elle avait métamorphosé en chaton, s'assit sur le tabouret et, sûre d'elle autant que de la bête, commença à jouer.

Au milieu du salon ensoleillé, un nouveau monde avait surgi, un ailleurs lumineux flottant en nappes, paisible, secret, ondoyant, qui nous figeait et nous rendait attentifs. À quoi ? Je l'ignorais. Un événement extraordinaire venait de se dérouler, l'efflorescence d'un univers parallèle, l'épiphanie d'une manière d'exister différente, dense et éthérée, riche et volatile, frêle et forte, laquelle, tout en se donnant, conservait la profondeur d'un mystère.

Dans le silence chargé de notre éblouissement, tante Aimée contempla le clavier, lui sourit en guise de remerciement, puis releva son visage vers nous, ses paupières retenant mal ses larmes.

Ma sœur, déconfite, fixait d'un œil torve le Schiedmayer qui ne lui avait jamais fait l'honneur de sonner ainsi. Mes parents se regardaient, estomaqués que ce bahut sombre et ventripotent, côtoyé durant un siècle, dispensât de tels charmes. Quant à moi, je frictionnais mes avant-bras dont les poils s'étaient redressés et demandai à tante Aimée :

— Qu'est-ce que c'était ?

— Chopin, évidemment.

Le soir même, j'exigeai de prendre des cours, et une semaine plus tard, j'entamai l'apprentissage du piano.

Percevant combien sa complicité avec tante Aimée m'avait bouleversé, le Schied-mayer eut le triomphe indulgent : il oublia mon hostilité antérieure et se plia à mes gammes, arpèges, octaves, exercices de Czerny. Une fois que j'eus acquis ces laborieux rudiments, madame Vo Than Loc, ma professeure, m'initia à Couperin, Bach, Hummel, Mozart, Beethoven, Schumann, Debussy... Accommodant, le bahut se prêtait à mes sollicitations et exauçait mes envies de bonne grâce. Nous étions en passe de nous estimer.

Vers seize ans, je réclamai d'aborder Chopin. N'avais-je pas choisi le piano pour percer son énigme ? Ma professeure sélectionna une valse, un prélude, un nocturne, et je frémis à l'idée de décrocher l'investiture suprême.

Hélas, j'eus beau développer ma dextérité, dominer les pages ardues, mémoriser les morceaux, respecter les tempos, je ne retrouvai jamais le frisson de la première fois, cet ailleurs voluptueux tissé par la soie des sons, les caresses des accords, le cristallin de la mélodie. Si le piano obéissait à mes impulsions digitales, il ne répondait ni à mes rêves ni à mes souvenirs. Le miracle ne se produisait pas. L'instrument, suave, clair, fragile, émouvant, sous les doigts d'Aimée, retentissait viril et franc sous les miens. Était-ce lui ? moi ? ma professeure ? Quelque chose m'échappait. Chopin me fuyait.

Mes études littéraires requirent mon énergie, puis mes vingt ans m'obligèrent à quitter Lyon, ma famille, le Schiedmayer, pour gagner Paris et intégrer l'École normale supérieure dont j'avais réussi le concours. Là, évadé du couvent scolaire, enfin libre de sortir, de danser, de boire, de flirter, de faire l'amour, je me dispersai avec bonheur et m'épuisai aussi bien à jouir qu'à travailler. Devenu plus maître de mon agenda, je cherchai un professeur qui m'aiderait à résoudre le cas

Chopin. Il m'obsédait. Sa lumière me manquait, sa paix, sa tendresse. La trace qu'il m'avait laissée, un après-midi printanier à l'occasion de mes neuf ans, oscillait entre l'empreinte et la blessure. Quoique jeune, j'en éprouvais de la nostalgie ; je devais lui soutirer son secret.

À l'issue d'une enquête auprès de mes camarades parisiens, une personne semblait idoine, une certaine madame Pylinska, auréolée d'une excellente réputation, Polonaise émigrée à Paris, qui enseignait dans le XIIIᵉ arrondissement.

— Allô ?

— Bonjour, je souhaiterais parler à madame Pylinska.

— Elle-même.

— Voici : je m'appelle Éric-Emmanuel Schmitt, j'ai vingt ans, j'étudie la philosophie rue d'Ulm et j'aimerais continuer mes cours de piano.

— Dans quel but ? Faire carrière ?

— Non, juste pour bien jouer.

— Combien de temps pouvez-vous y consacrer ?

— Une heure par jour. Une heure et demie.

— Vous ne jouerez jamais bien !

Le timbre bourdonna. Avait-elle raccroché ? N'osant croire à une telle incorrection, je composai de nouveau le numéro. Madame Pylinska escomptait mon rappel car, sitôt l'appareil saisi, sans s'assurer de mon identité, elle vociféra :

— Quelle prétention vertigineuse ! Devient-on danseuse étoile en s'exerçant une heure par jour ? ou médecin ? ou architecte ? Et vous, monsieur, avez-vous intégré votre prestigieuse école en étudiant une heure par jour ?

— Non…

— Vous injuriez les pianistes en aspirant à pratiquer dans ces piètres conditions ! Vous nous outragez. Personnellement, je me sens dépréciée, giflée, mortifiée, parce que, figurez-vous, moi qui m'exerce six à dix heures par jour depuis quarante ans, je ne considère toujours pas que je joue bien.

— Pardonnez ma maladresse. Je ne veux pas jouer *bien*, madame, juste jouer *mieux*. Je ne renoncerai pas à Chopin.

Il y eut une accalmie, nourrie d'hésitations. Madame Pylinska marmonna d'un ton radouci :

— Chopin ?

L'ambiance se remplit d'une bienveillance palpable. Je m'infiltrai dans ce répit :

— J'ai appris le piano pour interpréter Chopin et je n'y arrive pas. Les autres compositeurs, je les écorche, peut-être,

mais ils survivent, tandis que Chopin…
Chopin… il me résiste.

— Évidemment !

Le mot lui avait échappé, elle le regret-
tait déjà. J'insistai :

— Le piano m'offre une paire de
lunettes qui lit la musique. Je déchiffre.
Cependant, Chopin m'attire et là… là,
j'exécute les notes, je réalise les traits, je me
plie au tempo, mais…

J'entendis le bruit de pages qu'elle
tournait.

— Samedi à 11 heures chez moi. Cela
vous irait-il ?

Sur le pas de la porte, madame Pylinska,
cinquante ans, coiffée d'un foulard en soie
sévèrement ajusté autour de ses traits nets,
m'examina de la tête aux pieds, le sourcil
arqué, la bouche pincée, comme si j'étais
une erreur.

— Trop costaud, conclut-elle.

— Trop costaud pour quoi ?

Haussant les épaules, elle dégaina un
fume-cigarette, cala son coude gauche sous
sa main droite, approcha l'embout de ses
lèvres.

— La fumée ne vous dérange pas ?

Sans attendre ma réponse, elle s'engouffra dans l'appartement, persuadée que je la suivrais.

Après avoir emprunté un couloir ténébreux obstrué par trois chats qui me jaugèrent avec mépris, j'accédai au salon de musique encombré de multiples tables basses sur lesquelles s'entassaient les partitions. L'air véhiculait des odeurs de rose et de tabac brun.

— Couchez-vous sous le piano.

— Pardon ?

— Couchez-vous sous le piano.

Elle me désigna le tapis persan déployé sous son Pleyel à queue.

Puisque j'hésitais, elle ajouta :

— Vous craignez les acariens ? Vu votre carrure, ce sont eux qui devraient se méfier…

Je m'accroupis, me glissai sous le piano et entrepris de ramper.

— Sur le dos !

Je m'allongeai, le visage face à la table d'harmonie.

— Les bras en croix. Paumes au sol.

J'obéis. Un matou à la fourrure fauve se faufila dans la pièce, sauta sur un pouf et s'y carra en m'adressant un regard ironique.

Madame Pylinska s'assit devant le clavier.

— Concentrez-vous sur votre peau. Oui, votre peau. Votre peau partout. Rendez-la perméable. Chopin a débuté ainsi. Il s'étendait sous le piano de sa mère et ressentait les vibrations. La musique, c'est d'abord une expérience physique. Puisque les avares n'écoutent qu'avec leurs oreilles, montrez-vous prodigue : écoutez avec votre corps entier.

Elle joua.

Comme elle avait raison ! La musique me frôlait, me léchait, me piquait, me pétrissait, me malaxait, me ballottait, me soulevait, m'assommait, me brutalisait, m'exténuait, les basses me secouant comme si je chevauchais une cloche d'église, les aigus pleuvant sur moi, gouttes froides, gouttes chaudes, gouttes tièdes, lourdes ou ténues, en rafales, en ondées, en filets, tandis que le médium onctueux me recouvrait le buste, tel un molleton rassurant au sein duquel je me blottissais.

Je sifflai, subjugué.

— Bravo ! Magnifique ! Vous avez beaucoup de technique.

— On n'a jamais assez de technique. Et quand on est arrivé à en avoir beaucoup, on n'a encore rien. Maintenant à vous ! ordonna-t-elle en pointant le clavier de l'index.

Je m'extirpai de ma niche et, inquiet, m'obligeai à bouffonner :

— Vous ne vous couchez pas sous le piano ? lui demandai-je en souriant.

— J'ignore si vous méritez que je m'allonge…

J'amorçai la *Valse de l'adieu*, mille fois ressassée.

— Stop ! s'écria-t-elle après quelques secondes, en agitant les mains autour de sa tête pour dissiper les échos de ma danse. Oh, quelle souffrance !

Je baissai le menton. Elle me dévisagea, épouvantée.

— Sur quel piano avez-vous travaillé, les années passées ?

— Un Schiedmayer.

— Un quoi ?

— Un Schiedmayer héréditaire.

— Connais pas… Ça ressemble à un nom de bouledogue…, ce qui se vérifie quand vous jouez, on a l'impression que… non, je préfère me taire : charité chrétienne !

— Pardon ?

Elle secoua la tête.

— Vous êtes un intellectuel : vous faites des notes, pas des sons. Vous pensez les hauteurs et la phrase, vous ne pesez ni le timbre ni la couleur.

— C'est-à-dire ?

— Vous êtes outillé pour Bach. Normal chez un cérébral. Bach concevait la musique indépendamment des sons, grâce à quoi on l'interprète sur des instruments variés. Des mathématiques musicales. *Le Clavier bien tempéré* ne demeure-t-il pas aussi magistral au clavecin, au piano, à l'accordéon, voire au xylophone ? Bach, l'Himalaya de la musique, dominait un désert de timbres. Bach a fini sa vie aveugle mais il a composé dès le départ comme un sourd.

— Un sourd, Bach ?

— Le plus grand sourd que la terre ait porté. Un pur génie sourd. Admettez que Chopin se montre un musicien plus entier que Bach : il élabore autant le timbre que la mélodie et l'harmonie.

— Vous plaisantez ? Il n'a écrit que pour le piano.

— Preuve qu'il créait totalement ! Cela sonne ainsi qu'il l'a entendu. Il possédait le souci exhaustif des éléments qui construisent la musique. On l'accuse de s'être limité au piano, on le lui reprochait déjà de son vivant quand fortune et renommée venaient de l'opéra ou du concert symphonique. Il a résisté. Admirez sa force d'âme ! Quelle sagesse ! Un génie, c'est quelqu'un qui saisit vite ce qu'il doit accomplir sur terre. Chopin s'est connu et reconnu avant les autres ; dès dix-huit ans, il s'est rebellé contre les judicieux conseils. Pourquoi ? Non parce qu'il dédaignait les succès d'argent, plutôt parce qu'il refusait de négliger les sonorités. Il maniait les timbres comme Rembrandt les pigments sur sa palette. Bach pratiquait le dessin, Chopin la peinture.

— Quand un orchestre exécute Bach, les couleurs fusent.

— Bach propose des crayonnages qu'on peut ensuite colorier. Pas Chopin. En fait, sa technique tient de l'aquarelle. Tout se fond de façon unique, et le flou des contours harmoniques s'apparente aux eaux qui mêlent leurs teintes.

Elle vira écarlate en interpellant des ennemis imaginaires devant elle :

— Cessez de seriner que son inspiration s'est « réduite au piano » ! Il a inventé le piano. Avec lui, le piano est devenu un monde, un monde suffisant, continental, océanique, immense, infini.

— Beethoven, cependant...

— Beethoven se servait du piano, il ne le servait pas. Il y voyait le meilleur substitut de l'orchestre. Il utilisait le piano par défaut, un pis-aller.

— Et Schubert ?

— Schubert se vouait à la musique de chambre. Il écrivait pour un piano de chambre, un piano droit.

— Vous êtes très intransigeante !

Elle se tut soudain, rougit, soupira et murmura d'une voix mouillée :

— Merci.

Loin de l'insulter, ma réaction lui procurait un vif plaisir.

— J'ose m'estimer bon professeur pour la raison que vous dites : je ne manque pas d'intransigeance.

Ses paupières battirent et elle redécouvrit ma présence.

— Où habitez-vous ?

— Rue d'Ulm, à l'École normale supérieure.

— Près du jardin du Luxembourg ?

— Exact.

— Formidable ! Voilà qui simplifiera notre tâche. Cette semaine, vous éviterez les pianos et, tous les matins, vous irez au parc du Luxembourg, vous vous accroupirez sur la pelouse et vous apprendrez à cueillir les fleurs sans faire tomber la rosée.

— Pardon ?

— Attention, les gouttes doivent rester sur les pétales ou les feuilles. Pas de faux mouvements ! M'avez-vous comprise ?

— Euh…

21

— Monsieur le philosophe, vous enfoncez vos touches comme un bûcheron. Je veux que vos doigts deviennent dévoués, subtils, policés, secourables. À compter de cette heure, j'exige de vous une délicatesse physique autant que spirituelle.

— Alors d'ici samedi, je ne relève plus le couvercle d'un piano ?

— Non ! Ce n'est pas en brisant de l'ivoire que vous avancerez. Et puis-je vous recommander un second exercice ?

— Oui.

— Écoutez le silence.

— Pardon ?

— Installez-vous dans votre chambre, apaisez votre respiration et tendez l'oreille au silence.

— Pourquoi ?

— Chopin écrit sur le silence : sa musique en sort et y retourne ; elle en est même cousue. Si vous ne savez pas savourer le silence, vous n'apprécierez pas sa musique.

Elle me reconduisit jusqu'à la porte. Avant de franchir le seuil, je l'interrogeai :

— Combien vous dois-je ?

— Chez moi, on ne paie jamais la première leçon.

— Pourquoi ?

— Parce qu'elle n'a qu'un but : vous décourager. Vous ai-je découragé ?

— Assez.

— Parfait. Vous me rémunérerez à partir de la deuxième.

Qu'on me croie ou pas, cette semaine-là, j'obéis scrupuleusement à l'étrange Polonaise. Combattant ma mollesse matinale, je me présentais à 7 h 30 devant les grilles du Luxembourg, javelots noirs surmontés de lames dorées, où j'attendais que l'employé ouvrît le haut portail ; je me précipitais ensuite dans les carrés les moins fréquentés, sous les ramures, à l'abri des regards, et m'exerçais à ramasser les pâquerettes parées de perles d'eau sans ôter le cadeau déposé par l'aurore. Au début, j'échouai en pestant puis, après moult tentatives, je parvins à m'apaiser, à lier mes doigts à la respiration de mon corps, à rendre mes coussinets moelleux et fiables. Le vendredi, je considérais chaque goutte de rosée comme un enfant lové au creux d'un lit végétal auquel j'offrais une position de sieste plus confortable.

Après cet exercice, au milieu de ma chambre estudiantine, je prêtai l'oreille au silence, lequel n'existe pas à la capitale, ce qui me força à descendre aux caves, dans les tréfonds de l'école, loin des nuisances sonores, pour constater que, lorsque l'univers se taisait enfin, c'était mon corps qui bavardait – gargouillis, sifflements, craquements, souffle. Désappointé, je redoutais de prendre une supercherie au sérieux ; cependant, je mesurais que mon attention s'aiguisait, que mes doigts gagnaient en précision tandis que poignets et coudes s'assouplissaient.

— Entrez, pas une minute à perdre, déclara madame Pylinska en entrebâillant sa porte. Si vous avez respecté mes prescriptions, vous m'arrivez en grenade dégoupillée.

Nous courûmes jusqu'au piano, je m'y assis et j'appliquai mes doigts sur les touches.

— Jouez !

Je me risquais à un prélude, le 7e de l'opus 28.

Après l'accord terminal, madame Pylinska alluma une cigarette.

— Je ne voudrais pas me vanter, mais c'était presque supportable.

— Déconcertant… Je n'aurais jamais soupçonné que je progresserais en m'éloignant de l'instrument.

— Se perfectionner réclame un travail qualitatif, pas quantitatif. À quoi sert de rabâcher un morceau ? Dix fois mal ? Cent fois avec des intentions erronées et d'épouvantables réflexes ? Autant scier du bois.

Elle s'installa à ma place et dorlota le clavier amoureusement. Le chat roussâtre se frotta contre ses chevilles.

— Observer les touches, leur parler vous aidera.

Elle égrena des accords qui comblèrent le matou. Je protestai :

— N'exagérez pas ! Il faut quand même que je me prépare aux passages virtuoses.

Un tic lui déchira la face, ses épaules tressautèrent.

— Comment ?

Elle vrilla sur moi des yeux hostiles.

— Comment avez-vous dit ? « Virtuoses » ?

— Euh… oui.

— « Virtuoses », j'avais bien entendu.

Levant les prunelles au ciel, elle se racla la gorge, se mordit les lèvres et tourna la tête sur le côté : seule la décence l'empêchait de cracher.

— « Virtuoses »… Si, après des années d'étude chez moi, on vous traitait de « virtuose », je me pendrais !

— Ce n'est pas un gros mot !

— Je vous apprends à devenir un artiste, pas un Narcisse. Dirigez la lumière sur la musique, non sur vous. Oh ! ces virtuoses qui s'intercalent entre le morceau et le public, je les dézinguerais à la carabine.

— Heureusement que les armes sont interdites dans les salles de concerts !

— Comme vous dites, aboya-t-elle. Sinon, je cumulerais plus de morts que Staline !

Préoccupée, elle se mit à arpenter la pièce.

— Chacun à sa place ! Il y a un lieu destiné aux virtuoses : le cirque. Qu'ils s'y produisent et qu'ils y restent ! Dans un barnum, l'acrobate souligne le danger pour que le public s'enflamme. Un trapéziste ratera exprès le tour élémentaire s'il veut qu'on acclame le tour complexe. Triompher sans effort éloigne du triomphe. Regardez les ténors aux arènes de l'Opéra : ils montrent que le contre-*ut* relève de la prouesse. Même assurés de leur voix, ils signalent néanmoins, par leurs mimiques, qu'ils vont se risquer à l'aigu périlleux. Pavarotti surpasse les autres dans cette comédie-là : alors qu'il lâche les contre-*ut* aussi facilement qu'il gobe des huîtres, il laisse imaginer qu'il peut les craquer, feint ensuite de se surprendre à les réussir, et se félicite avec la foule de son exploit. Quelle farce !

En plus, il… non, je préfère me taire : charité chrétienne !

— N'empêche, ils irradient, les contre-*ut* de Pavarotti !

— Ce clown tient aux bravos. Chopin ne visait pas les ovations, il improvisait pour nous conduire quelque part. Pavarotti nous emmène jusqu'à lui, Chopin nous emmène ailleurs.

— Où ?

Elle pointa son menton vers moi.

— Aimez-vous Liszt ?

— Je… je ne sais pas.

— Excellente réponse. S'il existe des interprètes de cirque, existent aussi des compositeurs de cirque. Liszt par exemple.

— Je vous trouve cruelle. Liszt et Chopin se sont connus jeunes et, malgré le public qui exacerbait leur rivalité, ont développé une authentique amitié. Liszt a vénéré Chopin, l'a soutenu, a diffusé ses pages en Europe, en Russie, de son vivant comme après sa mort ; il a même rédigé un livre sur lui. Liszt a beaucoup fait pour Chopin, davantage que Chopin pour Liszt.

— Le meilleur que Liszt a fait pour Chopin, c'est d'écrire l'œuvre de Liszt.

— Oh ! Quelle perfidie !

— Non, je parle sans méchanceté. L'œuvre de Liszt renseigne sur l'œuvre de

Chopin. Ces deux génies s'éclairent l'un l'autre.

Elle se rua au clavier et exécuta quelques mesures de la *Rhapsodie n° 2* de Liszt.

— Liszt jouait piano ouvert, alors que Chopin jouait piano fermé. Cela dit tout : Liszt voulait en sortir, Chopin y rentrer. Liszt brillait à partir de la boîte à sons ; Chopin traquait les beautés qu'elle contenait.

Elle colla son oreille contre la table d'harmonie.

— Liszt assène, Chopin s'incline. Chez Chopin, le piano écoute le piano, ses sonorités, ses accords, ses chants, ses imprévus, ses harmoniques, ses résonances ; Chopin cherche la poésie du piano et s'y confine. Liszt cherche un tremplin sur le piano et s'en évade ; il transcende le clavier, l'explose, le mue en orchestre avec de multiples instrumentistes, au point qu'on a l'impression que plusieurs personnes interviennent. Chez Liszt, le piano s'affirme souverain mais il n'est plus le piano, il se change en tapis volant pour visiter l'univers, ses ruisseaux, ses lacs, ses orages, ses aurores, ses vallées de cloches, ses jeux d'eau, ses jardins, ses forêts ; au lieu que chez Chopin, le piano forme un monde, autonome, complet, sans portes ni fenêtres, l'instrument sensible, noble, docile, qui lui suffit à exprimer tout de l'âme.

Elle inspira.

— Liszt stupéfie. Chopin enchante. Sa virtuosité, sitôt qu'elle apparaît, s'excuse presque de sa présence et s'interrompt. Chez Liszt, la persistance dans la virtuosité constitue le spectacle ; de moyen, elle s'érige en fin : il tient à nous couper le souffle, ses œuvres guettent les hourras, alors que Chopin explore les pouvoirs du piano, s'émerveille des sonorités qu'il y déniche, les expérimente. Liszt terrasse l'auditoire pendant que Chopin s'interroge. Liszt est un étonnant, Chopin un étonné.

Elle frappa de majestueux accords lisztiens.

— Liszt possède déjà sa pensée et nous la livre, tandis que Chopin la découvre en cheminant et en exerçant ses moyens. Liszt est un dieu qui vient donner le spectacle de sa puissance, Chopin un ange déchu qui tente de rejoindre le sentier du ciel.

Madame Pylinska baissa le couvercle.

— Leçon achevée !

Elle avait claironné cela sans consulter une montre ni une horloge dans le salon.

Je lui tendis les billets qu'elle empocha, muette, puis sa main m'indiqua le chemin de la sortie. Nous parcourûmes le couloir en réveillant deux chats qui sifflèrent de rancœur.

— Dites-moi, monsieur le philosophe, trouve-t-on des bassins au jardin du Luxembourg ?

— Oui.

— Sensationnel ! Voilà un voisinage fort fructueux pour un apprenti musicien.

Elle déverrouilla la porte.

— Je vous propose donc de franchir une étape. Il faudra débourser un peu d'argent. Possible ?

— Je l'espère, répondis-je en déterminant mentalement quelle somme je pouvais sacrifier à l'acquisition de partitions.

— Fantastique ! Achetez-vous des graines.

— Des… graines ?

— Plutôt des granulés. Ou des flocons.

— Des…

— Ceux que l'on fournit aux carpes. On les vend dans des boîtes vertes.

— Quoi ? Vous voulez que je me nourrisse de graines ?

Elle me dévisagea avec consternation.

— Bien sûr que non. C'est beaucoup trop salé.

— Voulez-vous que j'alimente les carpes du Luxembourg ?

— Quelle abomination ! Je déteste ces bêtes molles, vaseuses, visqueuses, à la bouche obscène. À quoi Dieu rêvassait-il lorsqu'il a créé les carpes… non, je préfère ne pas le savoir : charité chrétienne !

Elle se grattait la tête, horrifiée. J'insistai :

— Madame Pylinska, je ne comprends pas.

— Rendez-vous au Luxembourg et faites des ronds dans l'eau : vous acquerrez la résonance. Contemplez la surface plane, lisse, étale, puis lancez un flocon : l'eau se troublera. Étudiez l'impact, ses conséquences, le temps que mettent les ronds à se former, à se répandre, à disparaître. Ne forcez rien. Observez. Vous vous en servirez samedi prochain pour poser une basse, la laisser croître et mourir, ou bien pour égrener la mélodie sur une vague harmonique. Apprenez à devenir liquide.

— Liquide ?

Elle fronça les sourcils.

— Liquide, oui, je suppose qu'on dit ainsi. Liquide… Céder à l'onde, saisir l'espace entre les sons sans l'agripper, se livrer à ce qui arrive, élargir sa disponibilité. Liquide… Mon français vous contrarie ?

Elle repoussa la porte, mécontente.

31

Cette semaine-là, alors que j'ajoutais *les ronds dans l'eau* aux exercices de *rosée* et de *silence*, je reçus un message qui me ravit : tante Aimée, la fée musicale de mon enfance, m'informait qu'elle séjournerait à Paris et qu'elle se réjouirait de me voir.

Quelle aubaine ! Aimée hors des pesantes bombances familiales, Aimée détachée des arrière-grands-tantes acides et moustachues, Aimée délestée des gamins qui imposent un jeu stupide, Aimée loin des beuveries ou des indigestions, Aimée toute pour moi.

J'adorais cette femme singulière. Jamais mariée, sans couple et sans enfants, elle se situait aux antipodes de la vieille fille. Ravissante, coquette, cultivée, aisément éprise, elle avait traversé la vie en passant de bras d'homme en bras d'homme, telle une danseuse qui s'étourdit de cavaliers au bal. À nos festins, elle venait seule, ce que ma grand-mère appréciait car, rappelait-elle, on ne peut pas retenir plus de prénoms masculins que le calendrier. Cette même grand-mère, très amie avec Aimée durant son adolescence, n'omettait pas une occasion de l'étriller, la baptisant « la fofolle » les bons jours, « la gourgandine » les mauvais, jalouse jusqu'à crier, lorsqu'elle nous attrapait en train de discuter, Aimée et moi : « Ne raconte pas ta vie, Aimée Buffavand, ce n'est pas un modèle pour la jeunesse. » En fait, Aimée ne m'avait livré aucun détail intime, nous parlions de mille choses diverses, et si le sujet s'approchait de ses liaisons, elle brodait brièvement autour de ses fastes colportés par la famille. Sa pudeur me plaisait d'autant plus qu'elle m'autorisait à fantasmer sur ce que j'ignorais.

Je cassai ma tirelire pour l'inviter au Balzar, une brasserie Art déco digne d'elle qui jouxtait la Sorbonne. Sous les globes d'opaline teintant les boiseries sombres, assis sur une banquette de moleskine, entourés de garçons ceints d'un tablier blanc qui s'élançaient de table en table, nous bavardâmes en nourrissant notre tête-à-tête d'anecdotes, béats, extatiques, quasi amoureux l'un de l'autre malgré les quarante années qui nous séparaient. Je lui confiai qu'elle avait déclenché à l'anniversaire de mes neuf ans mon adulation du piano, puis je la régalai en brossant le portrait de l'invraisemblable madame Pylinska.

Au dessert, la tristesse ombra son sourire.

— Allons à Cabourg, murmura-t-elle.

— Quand ?

— Samedi, après ton cours. Je m'occupe de tout, des taxis, des billets de train, des deux chambres d'hôtel. Nous reviendrons lundi.

— Pourquoi Cabourg ?

— Cabourg évidemment, répondit-elle, songeuse, ainsi qu'elle avait répondu onze ans auparavant « Chopin, évidemment ».

Cela suffit à me convaincre.

Samedi, madame Pylinska m'ouvrit la porte, les coudes désordonnés, la mine défaite, le turban de travers, et m'annonça :

— Alfred Cortot est mort.

— Pardon ?

Elle avala un sanglot et répéta, tragique, en fixant le sol :

— Alfred Cortot est mort. Son cœur a lâché.

La panique s'empara de moi : madame Pylinska perdait la raison. L'illustre interprète de Chopin, Alfred Cortot, avait quitté ce monde vingt ans auparavant. Comment pouvait-elle ne l'apprendre qu'aujourd'hui, elle qui dédiait sa vie au piano ?

— Il avait quinze ans, précisa-t-elle.

— Quinze ans… ?

— J'avais réussi à garder Rachmaninov vingt-deux ans !

Elle indiqua deux chats derrière elle, dans le couloir.

— Rubinstein et Horowitz le cherchent partout. Je l'ai remis au vétérinaire qui va me le rapporter dans une urne. Pauvre Alfred Cortot... Entrez donc !

En examinant les félins restants, je conclus qu'Alfred Cortot désignait le troisième matou, le roux, celui qui venait, lors de nos leçons, se pelotonner sur le pouf voisin du demi-queue.

Après quelques secondes dans sa chambre, madame Pylinska se rendit au salon ; le turban grenat rajusté, une cigarette allumée, elle reprit d'un ton catégorique, comme si la scène précédente n'avait pas eu lieu :

— Avez-vous lu George Sand ?

— Un peu.

— Femme remarquable, George Sand ! Elle aurait voulu triompher en musique, elle s'y est cassé les dents, elle ne savait que pondre des livres, la malchanceuse. Enfin, par dépit, elle a aidé Chopin à s'épanouir, tel un coquelicot à l'abri du vent. Femme capitale, George Sand ! Quand Chopin séjournait à Nohant auprès d'elle, il échappait aux problèmes matériels, il suspendait son enseignement, il se consacrait à la composition sur le Pleyel qu'elle lui avait offert. Durant leur union, il a conçu et ciselé tous ses chefs-d'œuvre. Femme très utile, George Sand !

— Vous me choquez.

— Moi ?

— Vous réduisez la femme à son rôle pour l'homme.

— Je me moque que George Sand soit une femme, un homme ou un cachalot ! Seul le génie m'importe.

Elle contempla le portrait de Chopin et je crus qu'elle se signait furtivement. Elle rit.

— La première fois que Chopin a vu Sand, il a dit : « C'est une femme, ça ? » La première fois que Sand a vu Chopin, elle a dit : « Qui est cette jeune fille ? » Quelle histoire !

— Ce n'était pas gagné, m'exclamai-je.

Elle me dévisagea, sévère.

— À l'inverse, c'était gagné ! Si vous couchez avec une femme qui appartient à votre genre, le genre qui vous émoustille, vous couchez avec le genre, pas avec la femme. Ça reste superficiel, de peau à peau, une autre la remplacera. Sand n'incarnait pas le genre de Chopin, ni Chopin le genre de Sand : ça ne pouvait donc que marcher entre eux ! Et aller loin.

Elle frappa quelques accords.

— On n'aime vraiment que lorsqu'on n'est pas amoureux.

Secouant la tête pour disperser ses réminiscences, elle ouvrit un volume à portée de main.

— Dans *Histoire de ma vie*, George Sand dépeint leur lune de miel, une expédition à Majorque. Chopin créait alors les *Préludes*, et elle nous révèle ce qu'il y décrivait. Très instructif. Ainsi cette nuit où, après une pluie diluvienne, l'eau bruissait dans la gouttière.

Elle joua le début du *Prélude 15...*

— Et puis ce jour où un cortège de pèlerins défila devant leur fenêtre...

Elle joua le début du *Prélude 9...*

— Et puis ce jour où ils chassèrent ensemble les papillons dans les champs...

Elle joua le début du *Prélude 10...*

— Et puis les vagissements des crocodiles qui s'étaient implantés dans la mare, au pied de leur logement à Valdemossa.

Elle joua le début du *Prélude 2...*

Je la coupai :

— Madame Pylinska, trouve-t-on des crocodiles aux Baléares ?

Elle se leva, furibonde.

— Non ! Il n'y en a jamais eu !

— George Sand raconte n'importe quoi.

— Moi également ! L'histoire de la pluie lui appartient ; le reste, je l'ai inventé. Y avez-vous cru ?

— Jusqu'aux crocodiles.

— Misérable ver de terre, vous rampez aussi bas que George Sand. Pitié, mon Dieu, pitié ! Chopin livré en pâture au public imbécile à travers les ragots de cette plumassière ! Quelle idiote, celle-là ! Une vraie buse... une... non, je préfère me taire : charité chrétienne !

— Pourtant, vous affirmiez il y a un instant, au contraire, que George Sand...

— Elle ramène tout à ce qu'elle connaît, la réalité, l'indigente réalité qu'elle transcrit dans ses livres. Elle n'est qu'une écrivaine, la pauvre, une romancière, bref une esclave de la réalité. Chopin est un musicien, lui ; il n'emploie pas les mots parce qu'il a autre chose à dire que ce que disent les mots.

Elle compulsa les partitions.

— Comment nomme-t-il ses œuvres ? Pas *Tristesse*, ainsi que l'a imprimé un crétin d'éditeur britannique, mais l'*Étude opus 10 n° 3*. Pas *L'Adieu*, mais la *Valse opus 60 n° 1*. Pas *La Goutte d'eau*, mais le *Prélude opus 15 n° 28*. Pas *Le Petit Chien*, mais la *Valse opus 64 n° 1*. Vous, vous avez rejeté *Les Crocodiles dans la mare* parce que aucun crocodile n'habite aux Baléares, or il fallait bannir les gouttes d'eau, la procession, les papillons ! Chopin ne décrit pas, n'évoque pas, ne relate pas. En fait, c'est Liszt qui aurait dû vivre avec George Sand, Liszt qui composait des musiques à programme, des musiques illustrant des poèmes, figurant *Les Jeux d'eau de la villa d'Este* ou suggérant le *Souvenir*, la *Rédemption*, la *Consolation*. Chopin, lui, ne part pas de quoi que ce soit d'antérieur : il crée ! Aucune image mentale ne préexiste à sa musique. C'est la musique qui impose sa réalité à l'esprit. Elle demeure pure. Elle n'exprime pas des sentiments, elle les provoque.

Elle brandit les partitions.

— Ses titres, quasi mathématiques, s'avèrent plus honnêtes et plus mystérieux : ils ne nomment pas les émotions, celles-ci naîtront de la musique. Si la musique narre, à quoi bon la musique ? Abordant l'ineffable, elle ne dit que ce qui n'a jamais été dit nulle part.

Son exécution de la première ballade achevée, elle se frotta les mains, les joues, puis me considéra en souriant.

— J'ai consulté la météo : vous avez de la chance !

— Pardon ?

— On annonce une semaine venteuse. Toutes sortes de vents, à toutes les vitesses.

— Et alors ?

— Une météo idéale pour Chopin ! Retournez au parc du Luxembourg, installez-vous sur une chaise – oui, oui, je vous accorde le droit de vous asseoir – et regardez minutieusement les effets du vent dans les arbres.

— Que dois-je observer ?

— L'indépendance des feuilles et des ramures par rapport au tronc.

— Pourquoi ?

— Surveillez. Ressentez. Je vous expliquerai plus tard. Ah, détail important : braquez les yeux sur les jeunes arbres, voire les très jeunes, pas que sur les centenaires. D'accord ?

Elle m'indiqua que la leçon se terminait. En lui tendant les billets, je me permis une remarque :

— Madame Pylinska, êtes-vous consciente que vous ne m'avez pas fait jouer aujourd'hui ?

— Bien sûr.

— Pas une seule fois ?

— Bien sûr.

— Et que vous m'interdisez de toucher un clavier depuis des semaines ?

— Bien sûr.

— Estimez-vous sérieusement que je vais progresser au piano en fuyant les pianos ?

— S'il suffisait de passer des heures à travailler son piano pour devenir pianiste, ça se saurait, non ?

Comme d'habitude, elle avait énoncé sa conviction avec une assurance tranchante et je cessai d'argumenter. Sur le seuil, je bafouillai :

— Mes condoléances. Alfred Cortot était un chat… attachant.

— Il aimait tant la musique !

Les larmes envahirent si soudainement son visage que, pantoise, elle balbutia « merci » et verrouilla la porte sur son chagrin.

Sous le ciel gris et doux que parcouraient des mouettes indolentes, nous avancions le long du littoral, Aimée et moi, bras dessus bras dessous. Habitué à la Méditerranée, je scrutais la Manche avec circonspection, sa lumière nacrée, ses vents continuels, son sable pâle, son azur impur émaillé de nuages, ses flots aux couleurs d'huître, ses perspectives illimitées, vagues de dunes, vagues d'eau salée.

— La Méditerranée est une mer pour les enfants, la Manche une mer pour les adultes, résuma Aimée.

De fait, je me sentais vieux, mélancolique. De quoi avais-je la nostalgie puisque je découvrais Cabourg ? Peut-être d'un passé cossu dont témoignaient les maisons en pierre. Peut-être de Marcel Proust qui, transformant Cabourg en Balbec dans *La Recherche du temps perdu*, en avait fait le théâtre inoubliable de ses passions. Ou, buvard, me laissais-je imbiber par les souvenirs de ma tante ?

— J'ai beaucoup aimé, ici. Je crois même que ce fut *la* fois où j'ai éprouvé le bonheur, le bonheur total.

Je m'esclaffai. À mes yeux, Aimée l'amoureuse, la « fofolle » ou la « gourgandine », ainsi que la nommait ma grand-mère, avait multiplié les occasions de bonheur durant son existence. De quoi me parlait-elle ?

Elle pressa mon coude et se raconta. À Cabourg, il y a bien longtemps, elle avait rencontré Roger. La foudre les avait frappés ensemble. Après trois soirs de résistance, elle s'était blottie contre le torse de ce commercial séduisant, sportif, tendre, lyonnais comme elle. Ils passèrent l'été à

Cabourg, un court été, sensuel, généreux, flamboyant, fervent, langoureux, un été si intense et si parfait qu'il allait éclairer de sa lumière le reste de sa vie. Marié, Roger lui avait juré de rompre avec sa femme. En septembre, Aimée regagna Lyon où elle secondait un notaire, Roger rejoignit le domicile conjugal que son épouse avait abandonné deux mois pour effectuer une mission professionnelle. Leur liaison persévéra, clandestine, mais Roger garantissait à Aimée qu'il se libérerait. Son épouse tomba malade ; par décence, Roger différa son départ, le temps de la soigner. Or, lorsqu'elle récupéra, elle tomba enceinte ; piteux, Roger, de nouveau, justifia ses atermoiements auprès d'Aimée en alléguant qu'il ne voulait pas se comporter en salaud.

— Du coup, il se comportait mal avec toi.

— Oui.

— Et tu l'acceptais ?

— Bien sûr.

— Pourquoi ?

— Je ne peux pas faire d'enfants, Éric, le médecin venait juste de me l'apprendre. Et ça, je ne désirais pas l'avouer à Roger. Te rends-tu compte ? Incapable d'offrir une famille à l'homme que j'aime ! Mieux valait qu'il construise la sienne ailleurs.

43

Aimée avait admis qu'elle se contenterait du rôle de la maîtresse jusqu'à son dernier jour. Elle toléra donc la double vie de Roger, célébra avec lui la naissance du premier fils, du deuxième, puis de la petite fille qui débarqua quinze ans plus tard. Pour Aimée, les deuils succédaient aux deuils mais elle appelait « bonheur » cette farandole – deuil de l'amour exclusif, deuil du couple sans cesse remis, deuil des vacances ou des week-ends que Roger vouait à la famille, deuil de ses propres enfants. Elle avait parcouru des décennies accrochée aux promesses d'un homme qui ne les tenait jamais. Parfois, tenaillé par le sacrifice si délicat d'Aimée, Roger se plaignait qu'elle n'insistât pas davantage pour l'inciter à briser son foyer, trompetant qu'elle ne l'adorait plus ; elle le lui prouvait alors, et leur amour caché prospérait, fortifié.

— Voilà pourquoi j'ai fabriqué ces histoires de nombreux fiancés que la famille a amplifiées pendant des années, notamment ta grand-mère. Cette légende protégeait Roger ; elle me protégeait aussi. Une mauvaise réputation fournit une armure souveraine à quiconque prétend rester discret.

Aimée n'avait connu qu'un homme, Roger, l'avait attendu toute sa vie en recueillant les miettes que laissait son épouse. Elle s'immobilisa et tourna son visage vers le mien.

— Comprends-tu mieux, maintenant, mon Éric, pourquoi Chopin ?

Elle me fixait avec tant d'espérance que, ne me sentant pas le courage d'altérer son optimisme, j'approuvai de la tête.

— Chopin, évidemment…

Elle paraissait heureuse que nous partagions cette opinion. Je dissimulai ma honte de l'avoir abusée. Chopin… Pourquoi Chopin ? Que venait-il faire dans cette existence ? Je ne saisissais pas…

Avec lenteur, nous progressâmes jusqu'au Grand Hôtel, sans prononcer un mot. Nous n'aurions pas dû nous regarder en face, car si nous avions parlé auparavant, c'était parce que la promenade, tout en nous rapprochant, déviait nos yeux vers le ciel, le sable, la mer, ces lointains qui estompent la pudeur ; depuis que nos visages s'étaient croisés, nous éprouvions avec trop d'acuité la présence de l'autre.

En montant l'escalier de la terrasse, je m'étonnai :

— Aimée, pourquoi m'as-tu confié cela ?

Ses doigts serrèrent mon coude.

— Roger est mort le mois dernier. Je désirais que quelqu'un sache la vérité, la mienne, la sienne. As-tu vu tantôt, sur le sable, le dessin de l'enfant que deux mouvements de vagues ont effacé ? Je tiens à ce que mon histoire ne s'évanouisse pas au creux de l'écume, qu'elle persiste un peu dans une mémoire, la tienne.

De retour à Paris, j'allais chaque jour au jardin du Luxembourg afin de scruter les arbres, ou plutôt, ainsi que madame Pylinska l'avait exigé, le jeu du vent dans les feuillages. L'exercice me fatiguait, d'autant que mon esprit moulinait les confidences d'Aimée repartie à Lyon.

Le samedi, lorsque je sonnai à la porte de madame Pylinska, elle m'ouvrit et me demanda aussitôt sur un ton impérieux :

— Êtes-vous polythéiste, monsieur ?

— Pardon ?

— Moi je suis monothéiste. Je n'aime qu'un compositeur : Chopin. Je possède la conviction de n'avoir été envoyée sur terre que pour jouer et écouter Chopin. Et vous ?

Je m'introduisis dans le couloir obscur.

— Je présume que je suis polythéiste, madame Pylinska. Je vénère plusieurs dieux : Bach, Mozart…

Elle baissa les paupières, magnanime.

— Je tolère cet écart : Chopin idolâtrait Bach et Mozart.

Sans apercevoir que mon discours lui déplairait, je poursuivis mon énumération :

— Schumann…

— Soit ! Il détecta le génie de Chopin.

— Schubert, Debussy, Ravel…

Debussy et Ravel doivent énormément à Chopin, ils l'ont souvent affirmé. Et encore ?

Contractée, elle s'astreignait à une bienveillance qui lui coûtait. Il lui était insupportable non pas que d'autres compositeurs existassent, mais qu'on pût en penser autant de bien que de Chopin.

— Voilà, conclus-je en mentant.

Elle soupira, soulagée, et s'assit au piano.

— Travaillons ce prélude. Je vous le joue d'abord, je vous cède ensuite la banquette.

Pendant que madame Pylinska enfonçait les touches, une araignée descendit du plafond en rappel. Suspendue à son fil, elle freina sa chute à cinquante centimètres des cordes puis se stabilisa. Que guettait-elle ? Quelle proie avait-elle repérée ? Elle demeura ainsi durant le morceau, agitant parfois ses graciles cuisses de demoiselle. Je voulus la dénoncer à madame Pylinska, or celle-ci, le morceau fini, ordonna d'un ton sans réplique :

— À vous.

Je lui succédai au clavier. Après une ligne, elle cria :

— Stop ! J'entends les barres de mesure. *Rubato ! Rubato !*

Je m'efforçai de la satisfaire en pratiquant le *rubato*, cette liberté rythmique que requièrent les romantiques, à la différence des classiques. J'esquivai donc les temps forts, évitai de marquer la mesure que je m'évertuai à ne pas rendre rigide, régulière, métronomique. Ce *tempo rubato*, ce temps dérobé, constituait un larcin, une façon de voler de la durée à la note ultérieure soit en précipitant, soit en retardant.

— Stop ! J'ai dit *rubato*, pas roulis de bateau.

Je recommençai.

— Stop ! Vous me faites douter : la météo se montrait pourtant propice, cette semaine, au *rubato* ? Le vent soufflait ?

— Oui, quel rapport ?

— La main gauche figure le tronc d'arbre, robuste, stable, imperturbable, tandis qu'en haut, le feuillage de la mélodie frissonne à la main droite. Dissociez vos mains, elles ne vivent pas au même rythme, telles l'écorce et la ramure. Empêchez-les de ralentir ou d'accélérer, décollez-les.

Tirez les leçons de ce que vous avez observé au jardin du Luxembourg !

Avec la meilleure volonté du monde, je m'escrimai à lui obéir mais je ne parvins pas à m'illusionner. Madame Pylinska conclut :

— Trop de vigueur, trop de muscles, trop d'énergie. Je vous rêve plus mou, plus souple, plus plastique.

Elle redressa son chignon.

— La prochaine fois, venez après avoir fait l'amour.

— Pardon ?

— Vous m'avez bien entendue, car vous êtes raide, pas sourd. Je vous veux décontracté. Venez après l'amour.

Heurté, je dépliai mes billets sans ajouter un mot. En m'escortant vers la sortie, elle perçut mon embarras et s'expliqua :

— En Pologne, j'avais une amie comme ça, Magdalena, une cantatrice, soprano lyrique, idéale pour Mimi, Liu, Butterfly, Marguerite ou Manon. Carrée, elle ressemblait à une lanceuse de javelot mais, bon, avec un costumier compétent... Figurez-vous que Magdalena réussissait ses aigus si elle avait fait l'amour juste avant. Si ! À cette condition-là, ses *si* bémol frôlaient le divin, pulpeux, charnus, resplendissants.

Sans cela, on aurait cru le sifflet d'une locomotive.

— Alors ?

— Bogdan, son mari, l'accompagnait donc à chaque représentation et lui chauffait ses aigus dans sa loge. Elle décrochait de plus en plus de contrats : Varsovie, Poznan, Wroclaw, Vienne, Berlin... Les théâtres se l'arrachaient et Bogdan a abandonné son métier de garagiste pour se consacrer à elle. Hélas, elle a abordé Wagner et Bogdan a perdu ses cheveux.

— Quel rapport ?

— Wagner, des opéras qui crachent des décibels pendant des heures, avec d'infernales interruptions de tableau à tableau... Pour que sa femme assure, Bogdan était obligé de remettre le couvert à chaque entracte. Excès de testostérone. Trop de sexe, ça précipite la calvitie. Puis, elle a signé pour la *Tétralogie* et ça a achevé Bogdan. Crise cardiaque. AVC. Fauteuil roulant. Rideau !

Elle marmonna :

— Très mauvais pour la santé, Wagner ! Un compositeur à infarctus et à varices.

— Varices ?

— La cantatrice reste quatre heures debout sur scène, en sandales plates, recouverte d'une armure de quinze kilos, avec un bouclier et une lance à la main : redoutable pour la circulation ! À *La Walkyrie*, si Bogdan n'avait pas lâché, les jambes de Magda auraient flanché... Magda a renoncé à sa carrière en arguant que ses aigus ne valaient pas la vie de son homme. Enfin, version officielle... car incarner les jeunes vierges à cinquante ans quand on excède les cent kilos, ça devenait épineux et... non, je préfère me taire : charité chrétienne !

— Madame Pylinska ! Vous vous moquez de moi ?

Elle stoppa, scandalisée par ma remarque.

— Quand il s'agit d'art, je ne plaisante jamais. Cette femme avait besoin du coït pour émettre de meilleurs aigus, voilà la vérité. L'orgasme lui procurait la force et la décontraction qui permettent au diaphragme de soutenir efficacement le souffle. Classique chez les cantatrices. Or il y en a de plus malignes que d'autres, et celles-là chantent longtemps.

— Comment s'y prennent les futées ?

— Je vous le raconterai samedi.

Arrivée dans le hall, elle débloqua le verrou et tira le battant. Je la saluai en passant le seuil puis me dirigeais vers l'ascenseur quand elle m'apostropha :

— Ah oui, je précise : pour la prochaine leçon, faites l'amour avec quelqu'un. Pas l'amour solitaire.

Je détournai le visage, gêné. Elle insista :

— Vous avez ça sous la main ? Je veux dire : quelqu'un ?

— Évidemment, marmottai-je.

— Parfait !

La porte se referma.

La semaine suivante, quoique ayant agi selon les adjurations de madame Pylinska, j'arrivai chez elle d'humeur funeste. Je lui reprochais son effraction dans ma vie. En la contactant deux mois plus tôt, j'avais formulé le simple vœu de cultiver mon jeu pianistique ; depuis, non seulement j'avais cueilli des fleurs à l'aube, écouté le silence, fait des ronds dans l'eau, étudié jusqu'à l'hypnose le mouvement des frondaisons sur le tronc, mais voilà que mon intimité même était gangrenée par ses requêtes.

En me séparant de la fille de cette nuit-là, je regrettai de m'être entiché de l'excentrique Polonaise et je sonnai à sa porte déterminé à saisir le premier prétexte pour bazarder nos cours.

Le battant ouvert, elle me considéra et sembla flairer mon humeur. Sans un mot, d'un geste amène, elle s'effaça en me priant d'avancer.

Au salon, elle se mordit les lèvres, blême.

— Vous souhaitez jouer, aujourd'hui, non ?

— Effectivement ! répondis-je, excédé d'avoir tant payé sans toucher son Pleyel.

— À vous, dit-elle en me désignant la banquette.

Je lui soumis plusieurs morceaux. Sereine, madame Pylinska se comporta en enseignante dévouée, rectifiant mes doigtés, m'expliquant l'harmonie, veillant à la flexibilité de mon poignet et à la tenue de mes mains au fond du clavier. Enfin ! Je vis ma victoire dans sa déférence.

Après une heure, les oreilles fatiguées et le cerveau en compote, j'arrêtai.

Je sortis les billets, elle me remercia, rangea l'argent et m'accompagna à la porte. Sur le seuil, elle me retint, l'air tracassé.

— Content de votre leçon ?

— Très content.

— Avez-vous joué tout votre saoul ?

— Oui.

— Vous ai-je bien corrigé ?

— C'était parfait.

Les plis de sa bouche s'affaissèrent.

— Ne revenez pas.

— Pardon ?

— Si vous aimez ce genre de pédago-
gie, ne revenez pas. Moi, je déteste ! Ça me
déclenche la migraine et la tentation de me
jeter par la fenêtre. La vie ne dure pas assez
pour que je subisse un tel ennui.

— Mais…

— Parce que j'ai remarqué que vous
fulminiez, j'ai décidé de vous donner une
classe traditionnelle, ce qui m'arrive une
fois par an. Avec l'âge, cela outrepasse mes
forces. Adieu.

Elle claqua sa porte.

Une heure plus tard, je n'avais pas déco-
léré. C'était moi qui aurais dû mettre un
terme à notre relation, pas elle ! Mon
orgueil ne supportait pas qu'elle m'ait
pris de court. Par désœuvrement, j'errai
jusqu'au jardin du Luxembourg ; vautré
sur une chaise de métal, j'espionnai le jeu
des garçonnets, lesquels se lançaient leurs
voiliers miniatures d'un bord à l'autre du
bassin circulaire, puis, malgré moi, j'obser-
vai le vent dans la ramée, l'oscillation des
arbustes, j'envoyai deux ou trois cailloux
pour dessiner des ronds sur l'eau et je me
penchais vers les fleurs lorsque la paix
m'inonda…

J'avais compris.

L'après-midi, j'appelai madame Pylinska
au téléphone, je la priai de me pardonner

mon emportement et la suppliai de maintenir nos rendez-vous.

— J'apprends tellement avec vous, madame Pylinska. Pas que Chopin. Pas que la musique. J'apprends la vie.

— Vous m'autorisez donc à procéder selon ma méthode ?

— Surtout !

— Soit. Nous continuerons.

— Oh merci ! Mille mercis !

Elle s'éclaircit la voix :

— Au fait, vous aviez respecté mon conseil, ce matin… Vous aviez pratiqué l'exercice requis, je m'en suis rendu compte, car, malgré votre humeur de putois, votre souplesse s'était améliorée.

— Tant mieux, dis-je, mal à l'aise.

— Voici le travail que vous devez effectuer cette semaine…

— Je vous obéirai, madame Pylinska, déclarai-je avec zèle.

— Hum… Comment se nomme-t-elle ?

— Qui ?

— Votre amie ?

N'osant lui exposer ma vie libertine, je choisis une amante parmi d'autres :

— Dominique.

— Bien. J'ignore la manière dont vous vous y prenez avec Dominique mais…

— Oui ?

— Ça ne suscite pas ce que j'espérais…
J'ai l'impression que vous faites l'amour
comme on emprunte un tunnel, en visant la
sortie. Vous recherchez… le bouquet final.
Franchement, je préférerais que vous appré-
ciiez l'avant. Voyez-vous ? Que l'explo-
sion n'apporte qu'un supplément, un *bis*…
Saisissez-vous ?

À mon silence, elle discerna que j'acquies-
çais et poursuivit :

— Concentrez-vous sur chaque seconde.
La prochaine fois que vous… batifolez avec
Dominique, pensez aux gouttes de rosée,
aux ronds dans l'eau, aux feuilles entre les
branchages, à la voix plus frangible qu'un
cheveu…

— D'accord.

— J'ai lu hier dans un journal que les
adultes sans éducation jouissent en sept
minutes mais que, dès lors qu'ils ont reçu
une éducation convenable, ils mettent vingt
minutes en moyenne. Alors, consacrez-y
une bonne heure.

— Quoi ?

— J'estime que vous avez acquis une
instruction supérieure, donc que vous ne
devez pas vous arrêter avant une heure.
Une heure, vous m'entendez ? Impératif !

— Merci, madame Pylinska. À samedi ?

— À samedi.

En raccrochant, je me demandai ce que j'attendais de ces cours. Et pourquoi, à sa question sur mes amours, avais-je répondu Dominique ?

Le samedi, je me présentai d'humeur allègre à ma leçon de retrouvailles, d'autant que j'avais passé une semaine étourdissante avec Dominique, obtempérant tellement aux injonctions de madame Pylinska que la jeune fille ne quittait plus ma chambre d'étudiant.

Je m'assis au piano avec, dans le corps et dans l'âme, une lassitude exquise.

— Essayez la *Berceuse*, me proposa madame Pylinska.

En déchiffrant la *Berceuse*, mes doigts révélaient du velouté, de la rondeur ; le son naissait et mourait, ductile, facile ; rien ne me coûtait.

— Meilleur, conclut madame Pylinska. En revanche, vous vous appliquez trop. Si Bach, Mozart ou Beethoven réclament une concentration constante, Chopin exige une déconcentration. Abandonnez-vous davantage. Voici la façon d'exécuter ces mesures.

Elle prit ma place et, pendant qu'elle me détaillait les difficultés, je frémis : l'araignée ! Elle venait de se caler au-dessus du piano. En deux semaines, madame Pylinska n'avait-elle jamais nettoyé son appartement ? Voyait-elle mal ?

Je décidai d'intervenir et me levai :

— Laissez-moi vous débarrasser de cette araignée !

Madame Pylinska jaillit de sa banquette.

— Non, malheureux !

— Pardon ?

Elle baissa le ton et, fixant l'araignée pour s'assurer de ne pas en être entendue, me glissa à l'oreille :

— Placez-vous à côté de moi et jouons comme si de rien n'était.

Elle m'enjoignit de répéter les traits de ma main gauche tandis qu'elle esquissait l'aigu avec sa droite et chuchota, la bouche au contact de ma nuque :

— Elle déserte le plafond dès que je m'installe au piano. Cette araignée raffole de la musique. Chopin en particulier. Sitôt que j'aborde Chopin, elle se cloue sur place. Au point d'oublier de manger !

— Croyez-vous que les animaux aiment la musique ?

Elle haussa les épaules.

— Évidemment que les animaux aiment la musique. Pas tous. Certains. À l'instar des hommes. Vous avez remarqué que mes chats actuels se carapatent au fond du couloir dès que j'ouvre le piano ; Horowitz et Rubinstein n'ont pas la fibre mélomane. Non, l'étrange, le bizarre, le confondant, c'est la date de son arrivée.

— Son arrivée ?

— L'araignée est apparue trois jours après la mort d'Alfred Cortot.

— Le chat ?

— Elle se comporte exactement pareil.

Diminuant encore sa voix, elle ajouta :

— Je pense que mon chat s'est réincarné en araignée. Qu'elle séjourne ici le temps qu'elle voudra, je la considère comme mon hôte.

Sceptique, je changeai de sujet :

— Avez-vous vu, hier, à la télévision, le documentaire sur les concours internationaux de piano ?

— Hélas, grommela-t-elle.

— Quoi ? Ça ne vous a pas intéressée ?

— Ça m'a intéressée jusqu'au moment où les lauréats se sont attaqués à Chopin. Et là… il ne restait plus que chopinades, chopinettes et chopiniewskys !

— Oui, ils massacraient Chopin de la même manière.

— La même manière ? Ah non ! C'est un peu court, jeune homme ! On peut errer… mon Dieu… de cent façons en somme pour rater son Chopin.

Sur le clavier, madame Pylinska se mit à imiter les pianistes médiocres :

— Par exemple, tenez ! *Féminin* : je cherche le joli, le coiffé, le poudré, le léger, jusqu'à ce que j'efface la force, le jarret et rende tout tiédasse. *Masculin* : je chevauche à cru et au galop, partisan déclaré d'un piano macho. *Tuberculeux* : languide, à chaque son j'expire, je timbre sans couleur. Le tempo ? Je l'étire, et la mélodie meurt avant sa propre fin. *Salonnard* : attrapant les cœurs d'un ton badin, muni de mes gants blancs, je vire et virevolte sur mes souliers vernis et pourtant ne récolte que la gloire éphémère et le mépris des grands. *Polonais* : furieux, militants, provocants, mes doigts sont des fusils, mes œuvres des drapeaux, visant l'ennemi russe afin d'avoir sa peau. *Français* : grâce à papa, à Paris l'élégante, à Pleyel, à Gaveau, à George mon amante, j'ai le raffinement du palais de Versailles. *Exilé* : affligé, étranger où que j'aille, j'écris par nostalgie, rongé par cet ailleurs. *Sentimental* : pour vous, je dépose mon cœur, mon sang, mes entrailles, ma sueur et mes tripes, négligeant la pudeur, dénudé par principe, sans songer un instant que la viande dégoûte. *Profond* : d'un air sérieux, je doute et je redoute. *Métronomique* : messieurs, je redis que Chopin, fier, droit et rigoureux, aimait Bach, Couperin ! Ces façons de jouer, contresens et erreurs, venant de ses champions, de ses admirateurs, je me les sers moi-même avec assez de verve mais je ne permets pas qu'un autre me les serve !

J'applaudis ses caricatures à tout rompre. À ce bruit, l'araignée remonta aussitôt au plafond. Pour madame Pylinska, cette brusque retraite validait sa théorie. Elle grimaça en me scrutant.

— J'ai l'impression que vous ne croyez pas en la métempsychose, le voyage des âmes.

— Ni pour ni contre, je n'en sais rien.

— Personne n'en sait rien, raison pour laquelle j'employais le mot « croire ». Y croyez-vous ?

— Mm…

— Moi, j'y crois. La question qui me taraude ne se réduit pas à la migration de mon chat dans un corps d'araignée, non, je me demande plutôt : de qui Alfred Cortot, mon chat, constituait-il déjà la réincarnation ?

Elle réfléchit et ajouta :

— À cause de ce soupçon, depuis quinze ans je tremble lorsque je joue, plus inhibée que si mille spectateurs garnissaient la salle. Se tient peut-être ici une âme qui maîtrise mieux la musique que moi, qui me surveille, qui m'évalue. Effrayant, non ?

Au moment où j'appuyai sur le bouton de l'ascenseur, je marmonnai, rêveur :

— Madame Pylinska, quel est le secret de Chopin ?

— Il y a des secrets qu'il ne faut pas percer mais fréquenter : leur compagnie vous rend meilleur.

Puis elle me lança :

— Vous avez évolué ; cependant, il vous reste de la marge…

— Dites-moi.

— Quelque chose me chiffonne. Votre amie… ah, comment se nomme-t-elle ?

— Dominique.

— Voilà, Dominique ! Regardez-la dans les yeux.

— Pardon ?

— Regardez-la dans les yeux pendant que vous faites l'amour.

Une semaine plus tard, un homme neuf carillonnait à la porte de madame Pylinska car un cataclysme m'avait terrassé : j'étais tombé amoureux.

En fixant Dominique dans ses yeux noisette durant nos étreintes, nuit après nuit, jour après jour, j'y avais vu un puits ombreux, mystérieux, ardent, où j'avais eu envie de plonger, chaque heure, chaque minute, chaque seconde. Ébranlé, titubant, j'avais besoin d'elle, de sa présence, de son corps, de son rire, de sa conversation.

Tout cela *à cause de* madame Pylinska, ou *grâce à* madame Pylinska, tant, selon les moments, j'hésitais à qualifier ma révolution de chute ou d'ascension. Pour la première fois, la même personne unissait ma vie sexuelle et ma vie amoureuse. Avant Paris, je n'avais connu que des passions platoniques, non réciproques, pubères, où je me dévorais le foie en pleurant d'infortune, puis, sitôt installé rue d'Ulm, je m'étais abonné aux plaisirs charnels dépourvus d'engagement. En face de Dominique, je perdais l'illusion de contrôle qui caractérise le libertin ; je ne gouvernais plus mes émotions ; un sentiment plus ample, plus fort que moi me submergeait et m'invitait à céder.

À peine m'étais-je attelé au morceau, que madame Pylinska souriait et battait des paupières.

— Heureuse pour vous, souffla-t-elle.

Je suspendis les mains au-dessus des touches.

— Ne me dites pas que je joue bien parce que je suis amoureux !

— Vous jouez à ravir parce que vous vous abandonnez. Vous consentez à la musique, ainsi que vous consentez à l'amour. Vous voilà capable d'épouser chaque instant, chaque note, chaque inflexion. Vous cessez de vous raidir, vous ne filtrez plus.

Elle s'assit sur le pouf où Alfred Cortot se nichait naguère et alluma une cigarette.

— S'il fallait être amoureux pour jouer supérieurement, jouerais-je encore ? Je n'ai pas été amoureuse depuis longtemps. Non, j'emprunte le chemin que je mentionnais l'autre jour en évoquant les chanteuses plus finaudes que Magdalena, l'indigente qui émettait ses aigus quand son mari Bogdan l'avait possédée. Les cantatrices astucieuses, celles qui accomplissent une carrière notable, comment s'assouplissent-elles le diaphragme ? Elles se rappellent… Elles gardent la mémoire des sensations et la convoquent en cas de nécessité. Moi, je fais pareil lorsque je joue : je déterre le souvenir de l'amour et le laisse m'enivrer. C'est tellement délicieux.

Apaisé, je continuai le morceau. L'araignée quitta le plafond, s'immobilisa au bout de son fil. Des yeux, madame Pylinska me la désigna et susurra :

— Jusqu'ici, elle ne s'était jamais déplacée pour vous !

Selon elle, l'attitude de l'arachnide apportait la preuve indiscutable de mes progrès. Égayé, j'interprétai un prélude dont je prisais la mélodie. Madame Pylinska bougonna par-dessus mes notes :

— Le ruban ! Le ruban ! Donnez-moi le ruban !

Je poursuivis sans comprendre jusqu'à ce qu'elle s'exclamât :

— Le ruban ? Où est le ruban ?

— Quel ruban ? demandai-je en m'appliquant.

Elle rugit :

— Stop !

Perplexe, elle me dévisagea, se leva, hésita, renonça, tourna en rond avec exaspération.

— La mélodie doit se dérouler en ruban. Oui, je sais, un piano se résume à des marteaux en feutre qui tapent les cordes, c'est d'abord un instrument à percussion, mais n'en profitez pas pour le convertir en tambour ! Vous frappez, vous ne chantez pas. Chez vous, les coups succèdent aux coups.

Elle se dirigea vers son électrophone.

— Nous allons écouter la Callas.

— Madame, je viens travailler le *piano* avec vous.

— Raison pour laquelle nous allons écouter la Callas.

— J'ai déjà écouté la Callas !

— Ah ? Ça ne se remarque pas.

Haussant les épaules, je me résolus à subir sa lubie.

Madame Pylinska posa le saphir sur un disque en vinyle. Les enceintes acoustiques crachotèrent puis un souffle de fond se propagea, un souffle que nous considérâmes comme le nouveau silence. L'orchestre préluda, une flûte ronronna, puis la voix de Maria Callas s'éleva dans la pièce. *Casta Diva*. La cantatrice avait sauté hors de l'appareil pour s'emparer de notre attention et se dressait, brûlante, intense, palpitante devant les haut-parleurs. Presque intimidante.

— Avez-vous noté sa présence ? murmura madame Pylinska.

— Énorme ! À quoi cela tient-il ?

— La Callas n'entre pas en chanteuse mais en personnage. Dans un opéra, l'héroïne possède une raison de bondir sur scène, mue par une urgence, plus bandée qu'un arc, avec quelque chose à faire, à dire. La présence résulte du plein, elle en constitue l'expression. Les êtres vides ne déploient jamais la moindre présence. J'ai connu une actrice très décorative qui... non, je préfère me taire : charité chrétienne !

Le chant dura, sensible, humain, proche du dessin ; le souffle de Callas se transformait en une ligne crayonnée qui traçait ses volutes sur la page du silence.

Deux ou trois fois, je décelai des stridences. Deux ou trois fois, je jugeai le grave trop appuyé, l'aigu un peu forcé. Deux ou trois fois, le son me sembla se coincer dans un verre de lampe.

— Ce n'est pas obligatoirement joli, suggérai-je.

— Rarement joli mais toujours vrai. Il y a eu des voix plus belles, il n'y a pas de plus grande chanteuse. L'instrument compte moins que ce qu'on en tire. Au départ, la voix de la Callas se réduisait à une épaisse mélasse, compacte, noire, lourde, qu'elle a dû dépurer, raffiner et assouplir. Ah, quelle merveille, elle chante comme une grosse myope.

— Pardon ?

— Un sumo à lunettes.

— Oh !

— Quoi ? N'avez-vous pas vu de photos de la Callas jeune ? Un mammouth avec des loupes !

— Madame Pylinska !

— À vingt-huit ans, la Callas frisait les cent kilos et ne distinguait même pas le chef dans la fosse. Voilà pourquoi elle chantait à la perfection. En adressant ses notes aux ténèbres – donc à tout le monde –, elle rayonnait telle une obèse qui veut envoûter par sa voix. Après, quand elle a maigri, elle s'est révélée splendide. La baleine cachait une Vénus. Hélas, cela amorça la catastrophe, la pente fatale…

— Son régime a ruiné sa voix ?

— Il a ruiné son âme. Mince, élancée, galbée, elle a pu séduire d'une autre manière. Rivale des meilleurs mannequins, l'artiste s'est éclipsée car plus nécessaire. Callas laide chantait sublimement, Callas superbe de moins en moins bien. Il lui manquait le manque.

Elle souleva le bras de l'électrophone. Maria Callas et l'orchestre de la Scala se volatilisèrent.

— On ne parlera jamais assez du danger des régimes alimentaires.

— Peut-être s'est-elle épanouie ainsi ? suggérai-je.

— Quelle blague ! Elle a fini maigre, sèche, aigrie, recluse, en s'ennuyant à mourir avenue Georges-Mandel dans le XVIe arrondissement. Elle était faite pour être chenille, pas papillon.

Elle rangea le disque dans la pochette qui affichait un visage admirable.

— Un quiproquo colossal, la gloire de la Callas. Nous contemplons les photos d'une déesse, tandis que nous entendons une otarie bigleuse.

Elle désigna le clavier du Pleyel.

— Au piano, *prompto* ! Imitez le chant de la Callas pour les mélodies de Chopin. Sitôt qu'il s'établit à Paris, Chopin passa ses soirées à l'Opéra à se repaître des divas et des ténors qui créaient les œuvres de Rossini, Donizetti et Bellini.

Je repris le prélude en me concentrant sur la cantilène.

Madame Pylinska m'interrompit de nouveau :

— Chantez en même temps.

Ma voix investit la mélodie et doubla le piano. Madame Pylinska protesta :

— Vous chantez en pensant à autre chose. Et vous ne respirez pas.

Elle avait raison : je fredonnais en apnée.

Madame Pylinska tapa sur le bois du piano.

— Stop !

Ses sourcils se rapprochèrent pendant qu'elle me considérait.

— Impossible avec votre cage thoracique. Regardez : ce n'est pas une cage, c'est une armoire. Entre vos épaules, on en range deux de mon gabarit. Quel est votre tour de poitrine ?

En temps normal, j'aurais balayé la question mais, puisque je sortais d'une visite médicale pour le service militaire, je m'écriai, fiérot :

— Un mètre quinze ! Je mesure un mètre quinze de tour de poitrine.

— Oïe, oïe, oïe ! Un mètre quinze ! Si facile pour vous de ventiler que vous ne gérez pas votre air. Attendez-moi dix secondes.

Elle disparut dans la nuit du couloir, je l'entendis ouvrir, claquer des tiroirs, puis elle revint en brandissant des ciseaux et un rouleau d'adhésif, celui qu'on utilise pour sceller les cartons de déménagement.

— Mettez-vous contre ce mur. Là. De dos.

Elle me plaqua à la cloison.

— Ne bougez plus, fixez-moi et fermez les lèvres.

D'un geste rapide et imparable, elle colla un bout de ruban sur ma bouche.

— Hop !

Abasourdi, je commençais à peine à me rebeller que je me retrouvai bâillonné.

— Et maintenant, chantez !

Je roulais des yeux interrogatifs. Elle insista :

— Chantez ! Je provoque des difficultés pour que vous saisissiez ce que signifie respirer et chanter. Ouste ! *Casta Diva*, s'il vous plaît.

J'entamai la mélodie dans une sorte de geignement qui, après quelques mesures, s'affermit ; elle enfonça alors son poing sous mon sternum et je crus étouffer.

— Chantez ! Chantez ! *In argenti…*

Si j'avais pu articuler, j'aurais hurlé que j'allais vomir tant elle m'écrasait l'estomac mais elle, rivée à son idée, me donnait les phrases musicales en repères. Luttant contre elle, contre sa pression, j'entonnai la mélodie sur un « a » sans consonnes ; plus je peinais, plus je prenais conscience de mon souffle, de mon timbre, de la durée des notes, de l'inflexion des phrases, des accents, des tenues, des retenues, des ornements et des appoggiatures. L'avouerais-je ? Malgré l'inconfort, cela me plaisait ; mon corps devenait un instrument de musique, une clarinette au timbre plein que la paresse m'avait masquée jusqu'à ce jour.

À la dernière note, madame Pylinska relâcha son étreinte.

— Ça rentre. Vous avez attrapé le ruban. Au piano, *presto* !

71

Toujours muselé, je m'assis devant le clavier et réattaquai le nocturne. Découlant des efforts précédents, guidée par mes souvenirs, la mélodie se muait sous mes doigts en un ruban malléable, élastique, qui se coupait et revenait intact, vibrant, ductile.

— Enfin ! soupira madame Pylinska, vidée de son énergie. Il faudra juste plus de naturel. Vous vous écoutez trop ; et moi, quand vous vous écoutez, je ne vous écoute plus.

J'arrachai l'adhésif et souris aux touches. Madame Pylinska conclut :

— Chopin, chétif de naissance, sans souffle, souffrit jeune de la tuberculose. Adulte, il pesait moins de cinquante kilos pour un mètre soixante-dix. Une brindille... Depuis l'adolescence, il toussait, haletait, suffoquait, crachait du sang. Normal qu'il adorât acclamer la Malibran à l'Opéra, l'équivalent de la Callas à l'époque. De retour chez lui, il chantait ; pas avec la voix, l'infortuné, avec le piano.

Au moment de quitter la Polonaise, je lui demandai sur le seuil :

— Pas de conseil pour cette semaine ? Comment dois-je travailler ?

— Une seule recommandation : réfléchissez.

— À quoi ?

— À la porte. La porte étroite. La porte unique. Celle qui conduit au couloir que vous désirez emprunter.

— Je ne comprends pas.

— Chopin avait choisi la porte de la musique. Callas avait choisi celle du chant. Quelle est votre porte ?

— N'y a-t-il qu'une porte, madame Pylinska ?

— Si l'on ambitionne d'atteindre l'excellence, il n'y en a qu'une.

Quand les battants de l'ascenseur se refermèrent, j'entendis encore madame Pylinska roucouler :

— Mes amitiés à mademoiselle Dominique !

Le coup de téléphone me terrassa. Ma grand-mère, après avoir hésité à me joindre, s'était décidée à me mettre au courant : Aimée, atteinte d'un grave cancer, venait d'être hospitalisée.

— Un cancer du nez ! Je n'imaginais pas qu'on pouvait développer un cancer du nez. Et toi ? Aimée ne fait rien comme les autres.

Sentant qu'elle allait s'égarer à médire, ma grand-mère ajouta en pleurnichant :

— Elle refuse les visites. Tu te rends compte ? Elle interdit à quiconque de se présenter. À cause de son nez ! Elle prétend que l'opération l'a déformée et qu'elle ne veut pas qu'on la voie ainsi. Je me suis pointée deux fois au service d'oncologie : on m'a poussée dehors ! Moi ! Pire qu'une étrangère !

Elle sanglotait et j'ignorais si ses larmes s'apitoyaient sur son sort ou sur Aimée.

— Quand sortira-t-elle de l'hôpital ?

— Jamais ! Les médecins ont été formels. Malgré la chirurgie, en dépit du traitement, elle ne guérira pas.

— Mais…

— Elle en est consciente. Hier soir, elle m'a téléphoné, m'a tout raconté et m'a répété qu'elle ne se montrerait plus jusqu'à sa mort.

Puis ma grand-mère partit dans les souvenirs de leur enfance, leurs vacances en commun, l'amitié de leurs pères, leurs voyages à Nice, à Monaco ; elle parlait d'elle désormais, attendrie par sa jeunesse perdue et les années révolues, évoquant des scènes dont Aimée ne constituait plus que le décor. Je prétextai un séminaire d'épistémologie pour raccrocher.

Une fois le combiné posé, je m'abîmai dans mes pensées. Son existence entière,

Aimée avait tracé son chemin en solitaire, courageuse, ferme, intraitablement discrète ! Quelle dignité ! Maintenant encore, vulnérable, affaiblie, elle maintenait les autres à distance de son intimité.

J'aspirais à la retrouver. Vite. Très vite. Était-ce possible ? En songeant aux récriminations de ma grand-mère, un soupçon me piqua : Aimée n'avait-elle pas forgé cette règle pour ma seule grand-mère, histoire d'éluder sa compassion envahissante ?

J'appelai mes parents, qui me confirmèrent l'attitude d'Aimée, puis ma tante Josette, qu'Aimée fréquentait davantage, laquelle m'avoua que les infirmières l'avaient, elle aussi, refoulée.

Aimée ne m'avait-elle pas traité différemment en me confiant sa vraie vie ?

Le samedi, au lieu de recevoir ma leçon de piano, je me rendis à Lyon où Aimée coulait ses derniers jours.

Au sommet d'une colline d'altitude moyenne, la clinique des Mimosas, bâtisse basse et longue enduite d'un crépi ocre, s'étalait, modeste, au milieu des gazons et des arbustes en fleurs. Elle offrait une apparence bonhomme, placide, au rebours des agonies qu'elle abritait.

Je me présentai à l'accueil où une pimpante Martiniquaise me sourit jusqu'à ce que j'articulasse le nom d'Aimée.

— Madame Buffavand ? Ah, je regrette… Elle nous a donné une instruction : pas de visites.

— N'a-t-elle pas dressé une liste ?

— Aucune. Ni une liste de ceux qu'elle refuse, ni une liste de ceux qu'elle accepte.

— Je suis son neveu préféré.

— Navrée.

— En fait, j'ignore si je suis son neveu préféré. Disons qu'elle est ma tante préférée.

— Encore plus désolée. Madame Buffavand tient à sa solitude et nous devons tous respecter ses… vœux.

La jeune femme, qui avait failli prononcer « ses derniers vœux », s'empourpra. Désireuse de me satisfaire, elle considéra son bureau, y saisit un bloc-notes, me le tendit.

— Rédigez un mot, nous le lui transmettrons.

— Maintenant ?

— Non, à 19 heures avec son plateau-repas.

— Plus tard, ce sera trop tard. S'il vous plaît, prévenez-la.

— Nous avons reçu deux consignes très précises : ne laisser entrer personne, ne pas la déranger pour l'en informer.

— J'arrive de Paris !

— Monsieur, ajouta-t-elle avec bonté, croyez que je comprends votre déception…

En soupirant, je m'emparai du bloc, m'assis sur un siège en plastique au milieu des plantes vertes et griffonnai, entre la fureur et la tendresse :

Je suis venu te voir. Quoi que tu décides, je me conformerai à ta volonté, mais sache que je suis là. Et que je t'aime.

Éric-Emmanuel

P-S. Je demeure à Lyon jusqu'à demain.

Je pliai le papier, le confiai à l'infirmière qui me gratifia d'un sourire triste, puis redescendis les marches du perron, épaules basses, pieds lourds, afin d'emprunter l'allée de la sortie. Quelques mètres après cependant, j'obliquai nonchalamment vers la gauche, résolu à apercevoir Aimée coûte que coûte en contournant le bâtiment. Je fixai l'intérieur des chambres aux premier et second étages, « On ne sait jamais… Si je la trouve… Ou mieux, si Aimée se tient dans l'embrasure… ».

Hélas, j'accomplis deux tours sans résultat : soit les rideaux aveuglaient les fenêtres, soit les vitres encadraient des pièces vides.

Découragé, je m'affalai sur le banc de pierre qui jouxtait une large baie composée de petits carreaux à l'ancienne.

Devant moi, un ciel flegmatique éclairait mollement les monts lyonnais.

Las, accablé, je ne pensais plus, je ne sentais rien ; cette clinique, ce parc dépourvu de goût, mon voyage, l'affection que j'éprouvais pour ma tante, tout me paraissait absurde, incolore. Même la vie d'Aimée qui allait s'effacer ici… Comme j'aurais préféré la colère à cette fadeur oiseuse qui m'écrasait ! « À quoi bon ? » Voilà les seuls mots qui traversaient le désert de mon esprit. À quoi bon ? La terre avait perdu son sel, ses teintes, ses saveurs, ses odeurs…

Un bruit furtif me dérangea.

En pivotant, j'aperçus un chat qui franchissait un carreau cassé. Attiré par cette vie minuscule, je me levai et le suivis des yeux. Le fauve tigré venait de pénétrer une salle des fêtes où un vaste plancher avait sans doute permis de danser autrefois, tandis qu'une estrade, collée au fond entre deux rideaux kaki, avait dû tenir lieu de scène. Sur les murs, des traces d'affiches disparues subsistaient, rectangles beige bordés d'une peinture enfumée.

Le chat frôla un radiateur en fonte, y sauta, le parcourut puis bondit sur la banquette d'un piano.

Je n'en crus pas mes yeux : un Schiedmayer, le piano droit de mon enfance, un Schiedmayer en tout point similaire à celui de mes parents, se tapissait dans l'ombre.

Je n'hésitai pas. Passant la main à travers le carreau où le félin s'était infiltré, j'empoignai l'espagnolette, ouvris une partie de la baie et me glissai à mon tour dans la vétuste salle des fêtes.

Hérissé par mon irruption, le matou fila derrière le rideau de scène.

Je m'approchai du piano, aussi ému que si je marchais dans le passé. Marronnasse, couvert çà et là de taches graisseuses, l'ivoire des touches élimé, le Schiedmayer trônait au centre de la pièce. Pas un intrus, celui-là, mais un autel. Il paraissait encore plus vieux que le nôtre.

Je m'assis devant lui. Vide, épuisé, sans appétit, je le considérai, songeant à Aimée, à cet éblouissement qu'elle m'avait apporté le jour de mes neuf ans. Cela se réduisait-il à de la poussière ?

Je toisai l'instrument. J'avais besoin qu'il me prouve quelque chose. Je frappai un premier accord, un deuxième. Il réagit à la perfection. Je m'installai et commençai le larghetto du *Concerto n° 2*.

La mélodie, l'angélique mélodie, s'évadait, souple, argentine, nette, commode, à la fois liquoreuse et lumineuse, de l'antique Schiedmayer. Elle montait vers le plafond sale et se transformait en prière. Une prière qui ne réclamait rien, une prière qui se débarrassait de la moindre exigence, une prière qui acceptait, qui remerciait, qui rendait grâce.

Jamais je n'avais joué ainsi. J'atteignais les rives du continent Chopin avec des basses liquides, des mélodies en gouttes, des traits d'écume, le flux, le reflux, l'évidence. Tout ce que m'avait appris madame Pylinska, le silence, les ronds dans l'eau, la rosée, les ramures qui ondulent sur un tronc souple, la décontraction, le chant fragile jusqu'à la brisure mais qui se prolonge à l'infini, tout se réunissait enfin. Les notes venaient comme si je les improvisais ; j'avançais en promeneur, sans exécuter une partition ni savoir d'avance ce que j'allais dire, les phrases musicales se modelant sous mes doigts, spontanées, innocentes ; le cœur battant, ébaubi, désireux cependant pour sauvegarder la magie de ne pas m'attarder sur mon ahurissement, j'avais l'impression d'être touché par l'esprit de Chopin.

Une porte grinça derrière moi. Un membre du personnel, qui m'inviterait à déguerpir... Afin de ne pas rompre l'enivrement, je continuai, espérant que la musique adoucirait les mœurs administratives.

Une voix chuchota :

— Ne te retourne pas.

Il me sembla identifier la voix, ou plutôt retrouver, sous un timbre différent, des intonations familières.

— C'est toi, Aimée ?

— S'il te plaît, ne te retourne pas.

— Je te le jure.

— Merci...

— C'est toi.

— Je t'ai entendu depuis ma chambre, juste au-dessus... D'habitude, moi seule réveille cet instrument. Quel cadeau tu m'offres ! Joue ! Joue encore !

Je persévérai, aux anges, conscient que les diverses agitations des mois antérieurs convergeaient vers ce but, vivre ici ce moment-là.

L'ultime accord se dissipa ; dans la minute qui suivit demeurait l'enchantement de Chopin.

— Tu joues bien, Éric.

— Pour la première fois…

Elle rit, primesautière, et s'écria :

— Heureusement qu'il y avait Chopin. Sans lui, je n'aurais pas vécu.

— Explique-moi, murmurai-je.

— Roger habitait chez sa femme. J'ai passé plus de temps à l'attendre qu'à le fréquenter. Ses fils et sa fille, Roger m'en parlait souvent, et moi, je ne les connaissais que par les clichés qu'il conservait dans son portefeuille. Voici le résumé de ma vie : des enfants sur photos, un amant qui logeait chez une autre. Que des privations… Mais il y avait Chopin !

— Il te consolait ?

— D'aucune façon ! Consoler, c'est faire accepter la frustration ; or Chopin m'en libérait. Grâce à lui, je vivais dans un monde plein, un monde où battait toujours un cœur, un monde saturé d'émotions, de passions, de révoltes, de gentillesses, d'extases, de stupeurs, de convictions, de lyrisme. Quand Roger me manquait et que j'avais besoin de tendresse, Chopin me la fournissait. Quand Roger me manquait et que je voulais lui avouer mon amour, Chopin le lui disait. Quand Roger me manquait et que je désirais l'engueuler, Chopin s'en chargeait. Au fond, si Roger vivait une double vie, moi également ! J'avais une vie avec Roger, très chiche, et une vie avec Chopin, si riche, qui complétait la première, la justifiait, la remplissait. Je vibrais constamment. Roger a-t-il jamais soupçonné à quel point Chopin l'avait secouru ?

— Une existence virtuelle…

— Une existence parfaite, où tout était superbe, y compris la douleur. Vois-tu, Éric, je pouvais me délecter de la tristesse puisque, m'inculquait Chopin, elle s'avérait aussi plaisante que nécessaire. Même le désespoir sonnait bien !

Elle soupira, bouleversée.

— Il m'a permis de vivre dans un autre monde, un monde où les sentiments s'épanouissent, un monde peuplé de déclarations enflammées, d'emportements, d'enthousiasme, de félicité, un monde sans calculs, sans rationalité, sans prudence, sans pragmatisme. Pas un monde utopique, non ! Un monde qui me révélait. Pas un repli, plutôt une ouverture. Voilà ce que propose Chopin : un endroit où aimer. Aimer ce qui compose une vie, voire le désordre, la peur, l'angoisse, les tumultes. Il rend beau ce qui ne l'était pas et porte à l'incandescence ce qui l'était déjà. Loin de nous procurer un refuge, il nous oblige à la lucidité en nous prodiguant la sagesse de l'acceptation et en accroissant notre goût de la condition humaine. Grâce à Chopin, j'ai bien vécu. As-tu remarqué la mésange, là, sur la fenêtre ?

Avec précaution, la nuque lente, je tournai la tête afin de regarder la mésange sans déranger Aimée. J'aperçus l'animal mignon, râblé, cotonneux, aux plumes anis et anthracite.

— Dans mon enfance à la campagne, on disait que les mésanges contenaient nos morts qui venaient nous visiter et prendre de nos nouvelles.

— Magnifique légende.

— Pas une légende, un savoir ancestral. Joue et surveille sa réaction.

Aux premières notes du concerto, l'oiseau s'immobilisa, attentif.

— Roger m'écoutait en penchant la tête sur le côté gauche. Cette mésange-là, dès que je m'absente de ma chambre pour toucher le piano ici, se pose sur le rebord de la fenêtre et incline la tête à gauche.

Je stoppai pour la contempler.

— Penses-tu qu'il s'agit de lui ?

Effarouchée par l'arrêt de la musique, la mésange sauta prestement du carreau, voleta sur la pelouse, attrapa une graine et la picora.

Aimée précisa :

— Même si elle est Roger, elle est aussi pleinement mésange.

Nous avons ri.

— J'ai envie de t'embrasser, Aimée.

— J'en ai envie, Éric, mais je tiens à ce que tu gardes un souvenir de moi intacte.

— Tu me frustres.

— Tu ne seras jamais frustré puisque je t'ai donné le secret de Chopin.

*

Ce matin, je me suis réveillé avec la joie au cœur, une gaieté qui était venue d'elle-même, comme le soleil illuminant le jardin où mes trois chiens chahutent, en liesse.

Trente ans se sont écoulés depuis la mort d'Aimée.

Lorsque j'avais rejoint madame Pylinska, je lui avais relaté mon entretien avec ma tante, ainsi que le jeu prodigieux qui m'avait stupéfié.

— C'était la première fois, avais-je répété.

— Et peut-être la dernière, avait-elle répondu.

Elle avait raison, hélas. Plus jamais je ne regagnai cette évidence durant les mois où je poursuivis mon apprentissage chez elle. Chopin se dérobait de nouveau.

Un jour, madame Pylinska m'annonça, grave, qu'elle quittait la France et rentrait à Varsovie.

— Assez de Chopin, il faut que j'affronte la réalité.

— Vous dites cela, vous ?

— Parfaitement. Chopin a fui la Pologne en 1830, juste avant l'insurrection contre les Russes. Parce qu'il n'y avait plus de Pologne sur la carte depuis 1795, moment où son territoire avait été divisé entre trois pays, la musique de Chopin a incarné la nation polonaise. La Pologne, pendant un siècle, c'était Chopin. Il entretenait sa flamme à distance, en la rendant vivante, glorieuse, éternelle dans ses mazurkas ou ses polonaises. En 1918, la Pologne est redevenue Pologne, mais pas longtemps, car les nazis l'ont envahie et ont interdit Chopin. On encourait la prison à écouter un nocturne ; on se réunissait en contre-bande au fond d'un appartement, le dimanche après-midi, pour reconquérir à travers ses notes la patrie humiliée. Après, le communisme a déferlé, un nouveau fléau russe d'origine allemande... Je sens maintenant que la réalité bouge, ou plutôt que cette réalité va enfin rejoindre celle de Chopin. La Pologne se réveille. J'y cours.

— Je vous regretterai.

— J'y compte. Je vous souhaite même inconsolable, ma vanité l'exige. Vous n'avez pourtant plus besoin de moi.

— Je ne joue pas bien Chopin.

— Si !

— Une seule fois.

— Exact. Une fois, par urgence, quand la nécessité l'imposa, l'unique fois où c'était la bonne porte.

— La porte ?

— Vous jouez et vous jouerez très bien Chopin. Mais pas sur un piano.

— Pardon ?

— Parce que vous avez trouvé la porte. La porte singulière. La porte étroite.

— De quoi parlez-vous ?

— La porte par laquelle vous explorerez l'univers et le raconterez.

— Quoi ?

Elle me toisa.

— Vous écrivez, non ?

Je me tus. Comment l'avait-elle deviné ? À tout le monde, je dissimulais ces jours et ces nuits où je rédigeais des pièces, des nouvelles ou des romans. Mes lèvres tremblèrent. Par sympathie, elle pâlit, rajusta son turban grenat et agrippa mes mains.

— Écris ! Écris toujours en pensant à ce que t'a appris Chopin. Écris piano fermé, ne harangue pas les foules. Ne parle qu'à moi, qu'à lui, qu'à elle. Demeure dans l'intime. Ne dépasse pas le cercle d'amis. Un créateur ne compose pas pour la masse, il s'adresse à un individu. Chopin reste une solitude qui devise avec une autre solitude. Imite-le. N'écris pas en faisant du bruit, s'il te plaît, plutôt en faisant du silence. Concentre celui que tu vises, invite-le à rentrer dans la nuance. Les plus beaux sons d'un texte ne sont pas les plus puissants, mais les plus doux.

Elle me poussa vers le couloir.

— Et maintenant, pas d'adieux, pas de baisers, pas d'accolades, ces choses dégoûtantes, romantales et sentimentiques. Je te reconduis à l'ascenseur.

Je me plantai sur le seuil, et lui demandai :

— Combien vous dois-je, madame Pylinska ?

— Rien. Chez moi, on ne paie jamais la dernière leçon.

— Pourquoi ?

— Parce qu'elle n'a qu'un but : t'encourager. T'ai-je encouragé ?

Madame Pylinska avait raison. Depuis trois décennies, j'écris.

J'écris en cajolant les fleurs des champs sans déranger les gouttes de rosée. J'écris en produisant des ronds dans l'eau pour guetter l'élargissement des ondes et leur évanouissement. J'écris comme l'arbre sous le vent, le tronc de l'intelligence solide et les feuillages de la sensibilité mouvants. J'écris avec le bien-être et la détente d'après l'amour, en regardant mes personnages au fond des yeux. Et je tente de vivre ainsi, dégustant chaque seconde, goûtant la mélodie des jours, me repaissant de toute note.

L'an dernier, je suis allé en Pologne, une Pologne libre, débarrassée du béton communiste, ainsi que l'avait prévu madame Pylinska. Au cours d'une rencontre officielle, alors qu'on m'octroyait protocolairement le titre d'ambassadeur de la lecture puisque de nombreuses personnes chérissent mes livres en Pologne, une vieille dame a déboulé sous l'estrade où je venais d'achever mon discours de remerciement.

— George Sand ! Je savais que tu penchais du côté George Sand. La pauvre ! Enfin, c'est mieux que rien.

Madame Pylinska, péremptoire, vive, impériale, juste un peu moins grande et plus ridée, m'ouvrit les bras, geste inhabituel chez elle, et je m'y jetai. Journalistes et photographes, interloqués, se précipitèrent sur nous pour saisir l'événement et comprendre notre euphorie.

Fier, j'expliquai que madame Pylinska m'avait enseigné le piano à Paris, trente ans auparavant. Des reporters de la télévision nationale se ruèrent vers elle.

— Contente de votre élève ? Avez-vous formé un pianiste émérite ?

— Il avait des doigts agiles et beaucoup de bonne volonté.

— Jouait-il bien ?

— C'était très émouvant, la bonne volonté chez cet homme, une sorte d'hommage rendu à ce qui le dépassait et lui demeurait inaccessible. Évidemment, si l'on se bornait à écouter en oubliant son mérite, on concluait que… non, je préfère me taire : charité chrétienne !

Deux mois plus tard, madame Pylinska nous quittait.

Ce matin, je m'accoude à la fenêtre et contemple la nature, laquelle ignore le deuil et ne connaît que la vie. Sous un ciel bleu, neuf, limpide, comme lavé, le jardin me joue une barcarolle, les lys bercés par une brise guillerette, les lilas froufroutants et folâtres, le chêne sage, vigoureux.

Je descends au salon et ouvre le piano à queue. Aussitôt, mes trois chiens accourent ; après une caresse de la truffe sur mes paumes, ils s'allongent sous l'instrument, répétant la conduite de l'enfant Chopin auprès de sa mère. Ils frémissent, ils languissent.

J'entame la *Barcarolle*... Le calme s'impose.

La musique me donne accès à l'étonnement. Le temps ne passe plus, il palpite. Je ne subis plus la durée, je la savoure. Tout devient merveille. Je m'extasie d'être et me coule dans le ravissement.

À gauche, je perçois un friselis. Subrepticement, j'y jette un œil.

Sur le châssis en bois de la fenêtre ouverte, un passereau s'est posé. Je n'ose pas le croire : tandis que son plumage se pare de gris, la mésange arbore une couleur grenat de la taille d'un turban sur son crâne, et elle tient une brindille dans son bec, tel un fume-cigarette.

Je ris. Serait-elle véridique, cette réputation des mésanges ?

Troublé, je manque une note, deux, rate mon accord, lève les mains et me retourne.

Rapide, la mésange file dans le ciel, tourbillonne, vibrionne, hésite, repart, se fige de nouveau, et soudain, de son petit derrière duveteux – effet du matin ou de la joie ? –, jaillit en jet étroit une substance d'un ton miel qui atterrit sur ma paupière et qui... non, je préfère me taire : charité chrétienne.

CONCERTO À LA MÉMOIRE D'UN ANGE, Goncourt de la nouvelle, 2010.
LES DEUX MESSIEURS DE BRUXELLES, 2012.
L'ÉLIXIR D'AMOUR, 2014.
LE POISON D'AMOUR, 2014.
LA VENGEANCE DU PARDON, 2017.

Le Cycle de l'invisible

MILAREPA, 1997.
MONSIEUR IBRAHIM ET LES FLEURS DU CORAN, 2001.
OSCAR ET LA DAME ROSE, 2002.
L'ENFANT DE NOÉ, 2004.
LE SUMO QUI NE POUVAIT PAS GROSSIR, 2009.
LES DIX ENFANTS QUE MADAME MING N'A JAMAIS EUS, 2012.
FÉLIX ET LA SOURCE INVISIBLE, 1997.

Essais

DIDEROT, OU LA PHILOSOPHIE DE LA SÉDUCTION, 1997.
MA VIE AVEC MOZART, 2005.
QUAND JE PENSE QUE BEETHOVEN EST MORT ALORS QUE TANT DE CRÉTINS VIVENT, 2010.
PLUS TARD, JE SERAI UN ENFANT (entretiens avec Catherine Lalanne), éditions Bayard, 2017.

Beau livre

LE CARNAVAL DES ANIMAUX, musique de Camille Saint-Saëns, illustrations de Pascale Bordet, 2014.

Théâtre

Le Grand Prix du Théâtre de l'Académie française a été décerné à Éric-Emmanuel Schmitt pour l'ensemble de son œuvre

LA NUIT DE VALOGNES, 1991.
LE VISITEUR (Molière du meilleur auteur), 1993.
GOLDEN JOE, 1995.
VARIATIONS ÉNIGMATIQUES, 1996.
LE LIBERTIN, 1997.
FRÉDÉRICK, OU LE BOULEVARD DU CRIME, 1998.
HÔTEL DES DEUX MONDES, 1999.
PETITS CRIMES CONJUGAUX, 2003.
MES ÉVANGILES (*La Nuit des Oliviers, L'Évangile selon Pilate*), 2004.
LA TECTONIQUE DES SENTIMENTS, 2008.
UN HOMME TROP FACILE, 2013.
THE GUITRYS, 2013.
LA TRAHISON D'EINSTEIN, 2014.
GEORGES ET GEORGES, Livre de Poche, 2014.
SI ON RECOMMENÇAIT, Livre de Poche, 2014.

Site Internet : eric-emmanuel-schmitt.com

Le Livre de Poche s'engage pour
l'environnement en réduisant
l'empreinte carbone de ses livres.
Celle de cet exemplaire est de :
150 g éq. CO$_2$
Rendez-vous sur
www.livredepoche-durable.fr

PAPIER À BASE DE
FIBRES CERTIFIÉES

Composition réalisée par PCA

Achevé d'imprimer en janvier 2020 en Espagne par
Liberduplex
Dépôt légal 1re publication : février 2020
LIBRAIRIE GÉNÉRALE FRANÇAISE
21, rue du Montparnasse – 75298 Paris Cedex 06

12/2171/4